Translated Language Learning

Alice's Adventures in Wonderland

Пригоди Аліси в Країні Чудес

Lewis Carroll

Льюіс Керролл

English / Українська

Down the Rabbit Hole
У кролячу нору

Alice was beginning to get very tired

Аліса почала дуже втомлюватися

she was sitting by her sister on the grass bank

Вона сиділа біля сестри на трав'яному березі

but she had nothing to do

Але їй не було чого робити

her sister was reading a book

Її сестра читала книжку

once or twice Alice peeped into the book

раз чи два Аліса заглядала в книжку

but the book had no pictures or conversations in it

Але в книзі не було ні картинок, ні розмов

"what use is a book without pictures?," thought Alice

«Яка користь від книжки без картин?» — подумала Аліса

"why would a book have no conversations?"

— Чому в книзі немає розмов?

but she had other things to consider

Але в неї були інші речі, які треба було врахувати

"making a chain of daisies would be a pleasure"

«Зробити ланцюжок з ромашок було б одне задоволення»
"but is it worth the effort of getting up and picking the daisies??"
"Але чи варто докладати зусиль, щоб встати і зібрати ромашки??"
this was not so easy to think about
Про це було не так просто подумати
because the day was making her feel sleepy and stupid
Тому що день змушував її почуватися сонною і дурною
but suddenly her thoughts were interrupted
Але раптом її думки перервалися
a White Rabbit with pink eyes ran close by her
Поруч з нею пробіг Білий Кролик з рожевими очима

There was nothing overly remarkable about the rabbit
У кролику не було нічого надто примітного
and Alice did not think the rabbit remarkable either
і Аліса теж не вважала кролика нічим примітним
nor did it surprise her when the Rabbit spoke
І її не здивувало, коли Кролик заговорив
"Oh dear! I shall be too late!" he said to himself
— Ой, рідненький! Я запізнюся!» — сказав він сам до себе

but then the Rabbit did something that rabbits didn't do
але потім Кролик зробив те, чого не робили кролики
the Rabbit took a watch out of its waistcoat-pocket
Кролик вийняв з кишені жилета годинник
he looked at the time and then hurried on
Він подивився на час, а потім поспішив далі
Alice got to her feet, in amazement
Аліса здивовано підвелася на ноги
she had never seen a rabbit with a waistcoat before!
Вона ніколи раніше не бачила кролика в жилеті!
nor had she ever seen a rabbit with a watch!
І вона ніколи не бачила кролика з годинником!
Alice was burning with a new curiosity
Аліса горіла новою цікавістю
and she ran across the field after the Rabbit
І вона побігла по полю за Кроликом
she was just in time to see the rabbit disappear
Вона якраз встигла побачити, як кролик зник
the rabbit hopped down into a large rabbit-hole
Кролик стрибнув у велику кролячу нору
In another moment, down went Alice after the rabbit!
Ще мить — і Аліса пішла за кроликом!
The rabbit-hole went straight on like a tunnel
Кроляча нора йшла навпростець, як тунель
and the tunnel kept going for some distance
І тунель продовжував йти на деяку відстань
and then the path suddenly dipped down
І тут стежка раптом опустилася вниз
Alice had not a moment to think about stopping herself
Аліса ні хвилини не думала про те, щоб зупинити себе
she found herself falling down and down and down
Вона помітила, що падає вниз і вниз
it seemed as if she had fallen down a very deep well
Здавалося, ніби вона впала в дуже глибокий колодязь
Either the well was very deep, or she fell very slowly
Або колодязь був дуже глибокий, або вона падала дуже
повільно

because she had plenty of time to fall

Тому що у неї було достатньо часу, щоб впасти

as she was falling she could look all around her

Коли вона падала, вона могла озирнутися навколо себе

First, she tried to make out where she was going

Спочатку вона намагалася розібрати, куди йде

but the well was too dark to see anything

Але в колодязі було надто темно, щоб щось розгледіти

then she looked at the sides of the well

Потім подивилася на стінки колодязя

and she noticed that there were cupboards all around her

І вона помітила, що навколо неї стоять шафи

and all around the well were book-shelves

А навколо криниці стояли книжкові полиці

here and there she saw maps and pictures hung upon pegs

То тут, то там вона бачила карти і картини, вивішені на кілочках

She took down a jar from one of the shelves as she passed

Проходячи повз, вона зняла банку з однієї з полиць

the jar was labelled for its content

Баночка була промаркована за її вміст

"MARMALADE MADE FROM ORANGES"

"МАРМЕЛАД З АПЕЛЬСИНІВ"

but, to her great disappointment, the marmalade jar was empty

Але, на її велике розчарування, баночка з мармеладом виявилася порожньою

she did not want to drop the empty marmalade jar

Вона не хотіла кидати порожню баночку з-під мармеладу

and her fall was very slow

І падіння її було дуже повільним

so she managed to put the marmalade jar into one of the cupboards

Так вона примудрилася поставити банку з мармеладом в одну з шаф

Down, down, down she fall!

Вниз, вниз, вниз вона падає!

Would the fall ever come to an end?
Чи закінчиться коли-небудь падіння?
There was nothing else to do
Більше робити було нічого,
so Alice soon began talking to herself
Тож незабаром Аліса почала розмовляти сама з собою
"Dinah will miss me very much tonight, I should think!"
"Діна буде дуже сумувати за мною сьогодні ввечері, я повинен подумати!"
Dinah was Alice's cat
Діна була кішкою Аліси
"I hope they'll remember her saucer of milk at tea-time"
«Сподіваюся, вони згадають про її блюдце з молоком під час чаювання»
"Dinah, my dear, I wish you were down here with me!"
— Діна, моя люба, я б хотіла, щоб ти була тут зі мною!
Alice felt that she was dozing off
Аліса відчула, що задрімає
and then suddenly, thump! thump!
А потім раптом, туп! Туп!
down she fell upon a heap of sticks
Внизу вона впала на купу палиць
and she landed on a pile of dry leaves
І вона приземлилася на купу сухого листя
and finally the long fall down the hole was over
І нарешті довге падіння вниз по ямі скінчилося
Alice was not a bit hurt
Аліса анітрохи не постраждала
and she jumped up within a moment
І вона за мить схопилася
She looked up, but it was all dark overhead
Вона підвела очі, але над головою було все темно
in front of her was another long corridor
Перед нею був ще один довгий коридор
and the White Rabbit was still in sight
а Білий Кролик все ще був на виду
he was hurrying down the corridor

Він поспішав коридором
There was not a moment to be lost
Не було жодної хвилини, щоб бути втраченою
off ran Alice like the wind
побігла Аліса, як вітер
around the corner turned the rabbit
З-за рогу повернувся кролик
she was just in time to hear the rabbit
Вона якраз встигла, щоб почути кролика
""Oh, my ears and whiskers"
"Ох вже мої вуха і вуса"
"how late it's getting!"
— Як пізно!
She was close behind the rabbit
Вона була тісно позаду кролика
she turned around another corner
Вона обернулася за інший кут
but the Rabbit was no longer to be seen
але Кролика вже не було видно
She found herself in a long, low hall
Вона опинилася в довгому низькому залі
the hall was lit up by a row of ceiling lamps
Зал освітлювався рядом стельових світильників
There were doors all around the hall
По всьому залу стояли двері
but all the doors were locked
Але всі двері були замкнені
she walked all the way down one side of the hall
Вона пройшла весь шлях по одному боці коридору
and she had walked all the way up the other side of the hall
І вона пішла аж по той бік зали
she had tried every door
Вона перевірила всі двері
and she walked sadly down the middle of the hall
І вона сумно йшла посеред зали
"how am I ever going to get out again?"
— Як я знову вийду?

Suddenly she came upon a little table
Раптом вона натрапила на маленький столик
the table was made entirely of solid glass
Стіл був повністю виготовлений з цільного скла
There was nothing on the table but a tiny golden key
На столі не було нічого, крім крихітного золотого ключика
the key might belong to one of the doors!
Ключ може належати одній з дверей!
but, alas! some of the locks were too large for the keys
Але, на жаль! Деякі замки були занадто великими для ключів
and for the other locks the key was too small
а для інших замків ключ був замалий
but, at any rate, the key opened none of the doors
Але, у всякому разі, ключ не відчинив жодних дверей
but what was she to do?
Але що їй було робити?
she went through the hall again
Вона знову пройшла через зал
and this time she noticed a low curtain
І цього разу вона помітила низьку завісу
behind the curtain was a little door
За завісою були маленькі дверцята

the door was about fifteen inches high
двері були близько п'ятнадцяти дюймів заввишки
She tried the little golden key in the lock
Вона спробувала маленький золотий ключик у замку
and to her great delight, the key fit in the lock!
І на її превелику радість, ключ помістився в замок!
Alice opened the door
Аліса відчинила двері
and she found the door led into a small corridor
І вона побачила, що двері ведуть у маленький коридор
the corridor was not much larger than a rat-hole
Коридор був не набагато більший за щурячу нору
she knelt down and looked along the corridor
Вона стала на коліна і подивилася по коридору
and she saw the loveliest garden you have ever seen
І вона побачила найпрекрасніший сад, який ви коли-
небудь бачили
how she longed to get out of that dark hall
Як вона прагнула вибратися з тієї темної зали
how she wanted to wander among those bright flowers
Як їй хотілося блукати серед тих яскравих квітів
how cool refreshing those fountains looked
Як круто освіжаюче виглядали ті фонтани
but she could not even get her head through the doorway
Але вона навіть не могла просунути голову в дверний
проріз
"Oh," said Alice, mournfully
- О, - сумно сказала Аліса
"how I wish I could fold up like a telescope!"
— Як би мені хотілося скластися, як підзорна труба!
"I think I could fold up like a telescope"
"Я думаю, я міг би скластися, як підзорна труба"
"if I only knew how to begin"
"Якби я тільки знала, з чого почати"
Alice went back to the table
Аліса повернулася до столу
there was the chance of finding another key

Був шанс знайти інший ключ
or there might be a book of rules
Або може бути книга правил
the book could tell her how to fold up like a telescope
Книга могла б розповісти їй, як складатися, як підзорна труба
This time she found a little bottle
Цього разу вона знайшла маленьку пляшечку
"this bottle certainly was not here before," said Alice
— Цієї пляшки тут уже точно не було, — сказала Аліса
and tied around the neck of the bottle was a paper label
А на шийці пляшки зав'язана паперова етикетка
the label was beautifully printed in large letters
Етикетка була красиво надрукована великими літерами
"DRINK ME"
"ПИЙ МЕНЕ"
"No, I'll look first," she said
— Ні, я спочатку подивлюся, — сказала вона
"I'll see whether the bottle is marked as poisonous or not,"
«Я подивлюся, чи позначена пляшка як отруйна чи ні»,
because she never forgot the lesson about poison
Тому що вона ніколи не забувала урок про отруту
"if a bottle is labelled poisonous, it's bound to disagree with you"
«Якщо на пляшці є позначка «Отруйна», вона обов'язково з вами не погодиться»
However, this bottle was not marked as poisonous
Однак ця пляшка не була позначена як отруйна
so Alice ventured to taste the content of the bottle
Тож Аліса наважилася спробувати вміст пляшки
she found the liquid quite to her liking
Рідина їй цілком припала до душі
the drink had a sort of mixed flavour
Напій мав своєрідний змішаний смак
cherry-tart, custard, and pineapple
вишневий пиріг, заварний крем і ананас
roast turkey, toffee, and toast with hot butter

Запечіть індичку, іриски та тости з гарячим вершковим маслом
and she soon finished off the bottle
І незабаром вона допила пляшку
"What a curious feeling!" said Alice
— Яке цікаве відчуття, — сказала Аліса
"I am folding up like a telescope!"
— Я складаюся, як підзорна труба!
And she was folding up like a telescope indeed!
І вона справді складалася, як підзорна труба!
She was now only ten inches high
Тепер вона була лише десять дюймів заввишки
and her face brightened up at her thoughts
І обличчя її посвітлішало від думок
now she was the the right size for the little door
Тепер вона була відповідного розміру для маленьких дверей
now she could go into that lovely garden
Тепер вона могла піти в той чудовий сад
soon she stopped getting smaller
Незабаром вона перестала ставати менше
she decided on going into the garden at once
Вона вирішила відразу ж піти в сад
but, alas for poor Alice!
але, на жаль для бідної Аліси!
she got to the door
Вона підійшла до дверей
but she had forgotten the little golden key
Але вона забула про маленького золотого ключика
she went back to the table for the key
Вона повернулася до столу за ключем
but she found she could not reach high enough
Але вона виявила, що не може піднятися досить високо
she could see the key quite plainly through the glass
Вона цілком виразно бачила ключ крізь скло
she tried to climb up the legs of the table
Вона спробувала залізти на ніжки столу

but the glass was far too slippery

Але скло було занадто слизьким

eventually she tired herself out with trying

Врешті-решт вона втомилася від спроб

and the poor little girl sat down and cried

А бідна дівчинка сіла і заплакала

Alice spoke to herself rather sharply

— досить різко заговорила сама до себе Аліса

"Come, there's no use in crying like that!"

— Ходімо, даремно так плакати!

"I advise you to stop right this minute!"

— Раджу зупинитися саме в цю хвилину!

She generally gave herself very good advice

Вона взагалі давала собі дуже добрі поради

though she very seldom followed her own advice

Хоча вона дуже рідко слідувала власним порадам

and she sometimes was too harsh on herself

І вона іноді була занадто сувора до себе

and her words brought tears into her eyes

І її слова викликали сльози на очах

Soon her eye fell upon a little glass box

Незабаром її погляд упав на маленьку скляну коробочку

the little glass box was lying under the table

Маленька скляна коробочка лежала під столом

in the glass box was a very small cake

У скляній коробочці лежав дуже маленький торт

on the cake some words were beautifully written

На торті були красиво написані якісь слова

the words had been marked in currants

Слова були позначені на смородині

"EAT ME"

"З'ЇЖ МЕНЕ"

"Well, I'll eat the cake," said Alice

- Ну, я з'їм торт, - сказала Аліса

"and if the cake makes me grow larger, I can reach the key"

"І якщо торт змусить мене стати більшим, я зможу дотягнутися до ключа"

"and if the cake makes me grow smaller, I can creep under the door"

"А якщо торт змусить мене стати меншим, я можу залізти під двері"

"so either way I'll get into the garden"

"Так що в будь-якому випадку я потраплю в сад"

"and I don't care which of the two happens!"

— І мені байдуже, що з двох станеться!

She ate a little bit of the cake

Вона з'їла трохи торта

and she anxiously spoke to herself:

І вона занепокоєно сказала сама до себе:

"Which way? Which way?"

"В який бік? В який бік?»

and she held her hand on her head

І вона тримала свою руку на голові

she wanted to feel which way she was growing

Вона хотіла відчувати, в який бік вона росте

she was quite surprised to find what had happened

Вона була дуже здивована, дізнавшись, що сталося

she had remained the same size!

Вона залишилася того ж розміру!

so this time she doubled her efforts

Тож цього разу вона подвоїла свої зусилля

and soon she finished off the whole cake

І незабаром вона доїла весь торт

The Pool of Tears
Калюжа сліз

"This is getting more and more interesting!" cried Alice

«Це стає все цікавіше!» — вигукнула Аліса

You can see she was very surprised

Бачите, вона була дуже здивована

"I'm opening out like the largest telescope there ever was!"

— Я відкриваюся, наче найбільший телескоп, який коли-небудь був!

"Good-bye, feet! Oh, my poor little feet"

— До побачення, ноги! Ох, бідні мої ніжки"

"I wonder who will put on your shoes for you now, dears?"

— Цікаво, хто вам тепер взується, дорогі?

"and I wonder who will put on your stockings?"

— А цікаво, хто одягне твої панчохи?

"I shall be a great deal too far away"

«Я буду занадто далеко»

"I won't be able trouble myself about you anymore"

«Я більше не зможу турбуватися про тебе»

Just at this moment her head struck against something

Саме в цей момент її голова вдарилася об щось

she had reached the roof of the hall

Вона дійшла до даху залу

in fact, she was now more than two meters tall

Насправді тепер вона була зростом понад два метри

and she at once took up the little golden key

І вона відразу ж узялася за маленький золотий ключик

and she hurried off to the garden door

І вона поспішила до дверей саду

Poor Alice! There was not much she could do

Бідолашна Аліса! Вона мало що могла зробити

she laid down on one side

Вона лягла на один бік

and she looked through into the garden with one eye

І вона одним оком подивилася в сад

but to get through was more hopeless than ever

Але достукатися було як ніколи безнадійно

She sat down and began to cry again

Вона сіла і знову почала плакати

She went on shedding gallons of tears

Вона продовжувала лити галони сліз

soon there was a large pool all around her

Незабаром навколо неї з'явився великий басейн

and the water reached half-way down the hall

І вода сягала до половини коридору

After a time, she heard a little pattering of feet

Через деякий час вона почула легке тупотіння ніг

she heard the feet coming from the distance

Вона почула здалеку ноги, що долинали

and she hastily dried her eyes to see what was coming

І вона поспіхом висушила очі, щоб побачити, що буде

It was the White Rabbit returning

Це був Білий Кролик, який повертався

he was splendidly dressed

Він був пишно одягнений

he had a pair of white gloves in one hand

В одній руці він тримав пару білих рукавичок

and he had a large feather fan in the other hand

А в другій руці у нього було велике віяло з пір'я

He came trotting along in a great hurry

Він ішов риссю у великому поспіху

and he muttered to himself, "Oh! the Duchess, the Duchess!"

І він пробурмотів сам до себе: "О! герцогині, герцогині!»

"Oh! won't she be savage if I've kept her waiting!"

— Отакої! Чи не буде вона дикою, якщо я змусив її чекати!»

When the Rabbit came near her, Alice spoke

Коли Кролик підійшов до неї, Аліса заговорила

but she spoke in a low, timid voice

Але вона говорила низьким, боязким голосом

"sir, please stop what you're doing for one moment"

", будь ласка, припиніть те, що ви робите хоча б на мить"

The Rabbit startled violently

— люто здригнувся Кролик

he dropped the white gloves and the feather fan

Він скинув білі рукавички і віяло з пір'я

and he scurried away into the darkness as fast as he could

І він помчав у темряву так швидко, як тільки міг

Alice picked up the feather fan and gloves

Аліса підібрала віяло з пір'я і рукавички

and she kept fanning herself while she kept talking

І вона продовжувала розмахувати віялом, поки говорила

"Dear, dear! How strange everything is today!"

"Шановний, рідненький! Як дивно все сьогодні!»

"yesterday things went on just as usual"

"Вчора все йшло як завжди"

"Was I the same when I got up this morning?"

"Чи був я таким самим, коли прокинувся сьогодні вранці?"

"But if I'm not the same, there is another question"

"Але якщо я не той, то є інше питання"

"Who in the world am I?"

«Хто я в світі?»

"Ah, that's the great puzzle!"

— Ах, це чудова головоломка!

As she said this, she looked down at her hands

Сказавши це, вона опустила очі на свої руки

she was wearing one of the rabbits little white gloves

Вона була одягнена в одну з маленьких білих рукавичок кроликів

she hadn't noticed she put the glove on while talking

Вона не помітила, як одягла рукавичку під час розмови

"How can I have done that?" she thought

«Як я могла це зробити?» — подумала вона

"I must be growing small again"

«Мабуть, я знову стану маленьким»

She got up and went to the table to measure her height

Вона встала і підійшла до столу, щоб виміряти свій зріст

she found that she was now about half a meter tall

Вона виявила, що тепер її зріст становить близько півметра

and she was still shrinking rapidly

І вона все ще швидко зменшувалася

She soon found out what the cause of the shrinking was

Незабаром вона з'ясувала, в чому причина скорочення

the feather fan was making her smaller again!

Віяло з пір'я знову робило її меншою!

and she dropped the feather fan hastily

І вона поспіхом скинула віяло з пір'я

she dropped the feather fan just in time to save herself

Вона скинула віяло з пір'я якраз вчасно, щоб врятуватися

had she fanned herself any longer she would have shrunk away entirely

Якби вона розмахувала віялом, то зовсім відсахнулася б

"That was a narrow escape!" said Alice

— Це була невелика втеча, — сказала Аліса

and she was a good deal frightened at the sudden change

І вона дуже злякалася раптової зміни

but she was very glad to find herself still in existence

Але вона була дуже рада, що все ще існує

"And now, off to the garden!"

— А тепер до саду!

And she ran with all speed back to the little door

І вона щодуху побігла назад до маленьких дверей

but, alas! the little door was shut again

Але, на жаль! Маленькі двері знову зачинилися

and the little golden key was lying on the glass table again

І маленький золотий ключик знову лежав на скляному столі

"Things are worse than ever," thought the poor child

«Справи гірші, ніж колись», — подумала бідна дитина

"I never was so small as this before, never!"

— Я ще ніколи не була такою маленькою, як ця, ніколи!

As she said these words, her foot slipped

Коли вона вимовляла ці слова, її нога послизнулася

and in another moment there was a great splash!

А ще за мить пролунав великий сплеск!

she was up to her chin in salt-water

Вона була по підборіддя в солоній воді

Her first idea was that she had somehow fallen into the sea

Її перша думка полягала в тому, що вона якимось чином впала в море

However, she soon realized what she was in

Однак незабаром вона зрозуміла, в чому опинилася

she was in a pool of tears

Вона була в калюжі сліз

the tears she had wept when she was two meters tall

Сльози вона виплакала, коли була два метри на зріст

Just then she heard something
І тут вона щось почула
something was splashing about in the pool
У басейні щось хлюпалося
the splashing came from a little way off
Бризки долинали трохи здалеку
and she swam nearer to see what the splashing was
І вона підпливла ближче, щоб подивитися, що це за бризки
she soon saw that it was only a little mouse
Незабаром вона побачила, що це лише маленьке мишеня
the little mouse had slipped in to the water too
Маленьке мишеня теж прослизнуло у воду
Alice thought to herself about the situation
Аліса задумалася над ситуацією
"Would it be of any use to speak to this mouse?"
— Чи було б корисно розмовляти з цією мишею?
"Everything is so up-side-down down here"
"Тут все так догори дриґом"
"I should think very likely this mouse can talk"

"Я думаю, що дуже ймовірно, що ця миша вміє розмовляти"

"at any rate, there's no harm in trying"

«У всякому разі, немає нічого поганого в тому, щоб спробувати»

So she began trying to talk to the mouse

Тож вона почала намагатися розмовляти з мишею

"Oh Mouse, do you know the way out of this pool?"

— Ой, Мишко, ти знаєш вихід із цієї калюжі?

"I am very tired of swimming about here, Oh Mouse!"

— Мені дуже набридло тут плавати, о Мишко!

The mouse looked at her rather inquisitively

Мишка досить допитливо подивилася на неї

the mouse seemed to wink with one of its little eyes

Мишка ніби підморгнула одним зі своїх маленьких оченят

but the little mouse said nothing

Але мишеня нічого не сказало

"Perhaps the mouse doesn't understand English," thought Alice

"Можливо, мишка не розуміє англійської", - подумала Аліса

"I dare say it's a French mouse"

"Насмілюсь сказати, що це французька миша"

"perhaps this mouse came over with William the Conqueror"

"можливо, ця миша перейшла до Вільгельма Завойовника"

So she began again, in French

Так вона знову почала, французькою мовою

"Where is my cat?" she asked in French

«Де мій кіт?» — запитала вона французькою

it was the first sentence in her French lesson-book

це було перше речення в її підручнику з французької мови

The Mouse gave a sudden leap out of the water

Мишка різко вистрибнула з води

and the mouse seemed to quiver all over with fright

А миша наче здригнулася від переляку

"Oh, I beg your pardon!" cried Alice hastily

"О, прошу пробачення!" – квапливо вигукнула Аліса
she was afraid that she had hurt the poor animal's feelings
Вона боялася, що зачепила почуття бідолашної тварини
"I quite forgot you didn't like cats"
"Я зовсім забула, що ти не любиш котів"
"I don't like cats!" cried the Mouse in a shrill, passionate voice
«Я не люблю кішок!» — вигукнула Мишка пронизливим, пристрасним голосом
"Would you like cats, if you were me?"
— Чи хотіли б ти котів, якби був на моєму місці?
Alice comforted the mouse in a soothing tone
Аліса заспокоїла мишеня заспокійливим тоном
"Well, perhaps I would not like cats if I were you either"
"Ну, можливо, я б і на вашому місці не любив котів"
"please don't be angry about the mention of cats"
"Будь ласка, не сердьтеся через згадку про котів"
"And yet I wish I could show you our cat Dinah"
"І все ж таки я хотів би показати тобі нашу кішку Діну"
"if you met her I think you'd take a fancy to cats"
"Якби ви зустріли її, я думаю, вам би сподобалися кішки"
"if you could only see her"
"Якби ти тільки міг її побачити"
"She is such a dear, quiet thing"
"Вона така рідна, тиха штука"
The mouse was shaking all over
Миша вся тряслася
Alice felt certain the mouse must be really offended
Аліса була впевнена, що мишеня, мабуть, справді образилося
"We won't talk about her any more, if you'd rather not"
"Ми більше не будемо про неї говорити, якщо ви не хочете"
"We, indeed!" cried the Mouse
— Справді, ми!— вигукнула Мишка
the mouse was trembling down to the end of its tail
Миша тремтіла до кінця хвоста

"As if I would talk on such a subject!"
— Наче я говорив на таку тему!
"Our family always hated cats"
«Наша сім'я завжди ненавиділа кішок»
"cats; nasty, low, vulgar things!"
"кішки; гидкі, низькі, вульгарні речі!»
"Don't let me hear the name again!"
— Не дай мені більше почути це ім'я!
"I won't mention cats again indeed!" said Alice
— Я більше не буду згадувати про котів, — сказала Аліса
she was in a great hurry to change the subject
Вона дуже поспішала змінити тему
"Are you... are you fond of dogs?"
— А ти... Ти захоплюєшся собаками?
"There is such a nice little dog near our house,"
«Біля нашого будинку живе така мила собачка»,
"I should like to show you the little dog!"
— Я хотів би показати тобі маленького песика!
"this little dog kills all the rats and..."
"Ця маленька собачка вбиває всіх щурів і..."
"oh, dear!" cried Alice in a sorrowful tone
- Ой, дорогенька, - скрикнула Аліса скорботним тоном
"I'm afraid I've offended you again!"
— Боюся, що я знову образив тебе!
the mouse was swimming away from her as fast as it could go
Миша пливла від неї так швидко, як тільки могла
and the mouse made quite a commotion in the pool
А миша наробила неабиякого переполоху в басейні
So she called softly after the mouse
І вона тихо гукнула за мишеням
"my dear mouse, please come back!"
— Люба моя мишко, повернись, будь ласка!
"and we won't talk about cats"
"А про котів говорити не будемо"
"and we don't have to talk about dogs either"
"І про собак говорити теж не доводиться"

When the mouse heard this, it turned around
Почувши це, мишка обернулася
and the little mouse swam slowly back to her
І маленьке мишеня повільно попливло до неї
the mouse's face was quite pale
Мордочка миші була досить блідою
and the mouse spoke, in a low, trembling voice
І мишеня заговорило низьким, тремтячим голосом
"Let us get to the shore"
"Доберімося до берега"
"and then I'll tell you my history"
"А потім я розповім вам свою історію"
"and you'll understand why it is I hate cats and dogs"
"І ви зрозумієте, чому це я ненавиджу кішок і собак"
It had become high time to go
Настав час іти
because the pool was getting quite crowded
Тому що басейн ставав досить переповненим
other birds and animals had fallen into the pool
Інші птахи і звірі впали в басейн
there were a Duck and a Dodo
були Качка і Додо
and there was a Lory bird and an Eaglet
І були там птах Лорі та Орлятко
and there were several other interesting looking creatures
І було ще кілька цікавих на вигляд істот
Alice led the way out the pool
Аліса повела вихід з басейну
and the whole party of animals swam to the shore
І весь загін звірів поплив до берега

A caucus race and a long tail

Кокус і довгий хвіст

They were indeed a funny-looking bunch of animals

Вони дійсно були кумедною на вигляд зграєю тварин

and they all assembled on the water's bank

І всі вони зібралися на березі води

the birds all had bedraggled feathers

У всіх птахів було пошарпане пір'я

and the furry animals were soaked through

І пухнасті звірята промокли наскрізь

and all were dripping wet, annoyed and uncomfortable

І всі були мокрі, роздратовані і незатишні

there was one question that had to be answered first

Було одне питання, на яке потрібно було відповісти в першу чергу

what is the best way for everyone to get dry?

Який найкращий спосіб для всіх висохнути?

They had a consultation about this matter

Вони провели консультацію з цього приводу

soon they were all on familiar terms

Незабаром вони всі були на знайомих умовах
it was as if she had known them all her life
Вона ніби знала їх усе своє життя
the mouse seemed to be a person of some authority
Миша здавалася людиною якогось авторитету
"Sit down, all of you, and listen to me!
— Сідайте всі, і послухайте мене!
"I'll soon make you all dry again!"
— Я скоро вас усіх знову висушу!
They all sat down at once, in a large ring
Вони всі сіли відразу, у велике кільце
and the little mouse sat in the middle
А мишеня сиділо посередині
"Ahem!" said the mouse with an important air
— Гм, — сказала миша з важливим виглядом
"Are you all ready?"
— Ви всі готові?
"This is the driest thing I know"
"Це найсухіше, що я знаю"
"Silence all around, if you please!"
— Тиша навколо, якщо хочете!
"William the Conqueror was favoured by the pope"
«Вільгельм Завойовник користувався прихильністю папи римського»
"but he was soon submitted to by the English"
"але незабаром йому підкорилися англійці"
"they wanted leaders of late"
«Вони хотіли лідерів останнім часом»
"and they had been accustomed to power and conquest"
«І вони звикли до влади та завоювань»
"Edwin and Morcar, the Earls of Mercia and Northumbria"
«Едвін і Моркар, графи Мерсія і Нортумбрія»
"Ugh!" said the lori bird, with a shiver
«Тьху!» — сказала пташка лорі, здригнувшись
"and even Stigand, the patriotic archbishop of Canterbury"
"і навіть Стіганд, патріотичний архієпископ Кентерберійський"

"he also found it advisable"
"Він також вважав це за доцільне"
"What did he find advisable?" said the duck
«Що він вважав за потрібне?» — сказала качка
"He found it advisable" the mouse replied rather crossly
— Він вважав це за доцільне, — досить перехресно
відповіла миша
but the duck was not satisfied
Але качка залишилася незадоволеною
"of course, you know what 'it' means"
"Звичайно, ви знаєте, що означає "це"
"I know what 'it' is when I find a thing," said the duck
— Я знаю, що таке "воно", коли я знаходжу річ, — сказала
качка
"it's generally a frog or a worm"
"Це взагалі жаба або черв'як"
"The question is, what did the archbishop find?"
«Питання в тому, що знайшов архієпископ?»
The mouse did not notice this question
Мишка цього питання не помітила
instead, the mouse hurriedly went on with the speech
Замість цього мишеня квапливо продовжило промову
"he found it advisable to go with Edgar Atheling"
"він вважав за доцільне піти з Едгаром Ателінгом"
"to meet William and offer him the crown"
"зустрітися з Вільямом і запропонувати йому корону"
the mouse continued, turning to Alice as it spoke
— вела далі мишка, повертаючись до Аліси, коли та
говорила
"How are you getting on now, my dear?"
— Як ти тепер живеш, мій любий?
"As wet as ever," said Alice in a melancholy tone
— Мокра, як завжди, — сказала Аліса меланхолійним
тоном
"this story doesn't seem to dry me at all"
"Ця історія, здається, мене зовсім не сушить"
"In that case," said the dodo solemnly, rising to its feet

— У такому разі, — урочисто сказав додо, підводячись на ноги

"I vote that the meeting be adjourned"

"Я голосую за те, щоб засідання було перенесено"

"and I propose an immediate adoption of more energetic remedies"

"і я пропоную негайно прийняти більш енергійні засоби"

"Speak real words!" said the eaglet

«Говори правдиві слова!» — сказав орлятко

"I don't know the meaning of half of those long words"

"Я не знаю значення половини цих довгих слів"

"and, what's more, I don't believe you know either!"

— І, до того ж, я не вірю, що ти теж знаєш!

"What I was going to say," said the dodo in an offended tone

— Що я збирався сказати, — сказав додо ображеним тоном

"the best thing to get us dry would be a caucus-race"

«Найкраще, що могло б висушити нас, — це перегони на кокусі»

"What is a caucus-race?" said Alice

"Що таке кокус-раса?" - сказала Аліса

"Well," said the dodo, "the best way to explain it is to do it"
— Що ж, — сказав додо, — найкращий спосіб пояснити це
— зробити це.
"First the dodo marked out a race-course"
«Спочатку додо розмітив іподром»
"the track was in a sort of circle"
"Траса була якимось колом"
"and then all the party were placed along the course"
"А потім всю партію розставили вздовж курсу"
There was no "One, two, three and away!"
Не було «Раз, два, три і геть!».
but they began running when they liked
Але вони почали бігти, коли їм подобалося
and they also finished when they liked
І теж доводили до кінця, коли їм подобалося
so it was not easy to know when the race was over
Тому було нелегко зрозуміти, коли гонка закінчилася
after half an hour or so of running they were all quite dry
Приблизно через півгодини бігу вони всі були досить
сухими
the dodo suddenly called out, "The race is over!"
Додо раптом вигукнув: «Гонку закінчено!»
and they all crowded around the dodo
І всі вони юрмилися навколо додо
all the animals were panting and puffing
Всі тварини задихалися і пихкали
and they all wanted to know, "But who has won?"
І всі вони хотіли знати: "А хто переміг?"
This question the dodo could not immediately answer
На це питання додо не відразу зміг відповісти
first he had to do a great deal of thinking
Спочатку йому довелося багато подумати
after much thinking, the dodo finally spoke
Після довгих роздумів Додо нарешті заговорив
"Everybody has won, and all must have prizes"
«Всі перемогли, і всі повинні мати призи»
"But who is to give the prizes?" asked a chorus of voices

«Але хто має давати призи?» — запитав хор голосів

"Well, she, of course," said the dodo

— Ну, вона, звичайно, — сказав додо

and the dodo pointed with one finger to Alice

і додо показав одним пальцем на Алісу

and the whole party of animals crowded around her

І вся ватага звірів юрмилася навколо неї

they called out, in a confused way, "Prizes! Prizes!"

вони розгублено вигукнули: "Призи! Призи!»

Alice had no idea what to do

Аліса й гадки не мала, що робити

in despair she put her hand into her pocket

У розпачі вона засунула руку в кишеню

and she pulled out a box of sweets

І вона витягла коробку з цукерками

luckily the salt-water had not got into the box

На щастя, солона вода не потрапила в ящик

and she handed the sweets around as prizes

І вона роздала цукерки як призи

There was exactly one piece for everyone

На всіх вистачало рівно одного шматка

The next thing they had to do was to eat the sweets

Наступне, що вони повинні були зробити, це з'їсти солодощі

this caused some noise and confusion

Це викликало певний шум і плутанину

the large birds complained that they could not taste their sweets

Великі птахи скаржилися, що не можуть скуштувати їхніх солодощів

the small ones choked and had to be patted on the back

Маленькі задихалися, і їх доводилося поплескувати по спині

However, it was over at last

Однак нарешті все скінчилося

and they sat down again in a ring

І вони знову сіли в кільце

and they begged the mouse to tell them something more

І вони благали мишу розповісти їм ще щось

"You promised to tell me your history, you know," said Alice

— Ти обіцяла розповісти мені свою історію, знаєш, — сказала Аліса

and she made another little remark about cats in a whisper

І вона пошепки зробила ще одне маленьке зауваження про котів

she didn't want to offend the mouse again

Вона не хотіла зайвий раз образити мишку

the little mouse turned to Alice and sighed

мишеня обернулося до Аліси і зітхнуло

"Mine is a long and a sad tale!"

«Моя – довга і сумна казка!»

"It is a long tail, certainly," said Alice

— Звичайно, це довгий хвіст, — сказала Аліса

and she looked down with wonder at the mouse's tail

І вона з подивом подивилася вниз на мишачий хвіст

"but why do you call it a sad tail?"

— Але чому ти називаєш його сумним хвостом?

And she kept on puzzling about it while the mouse was speaking

І вона весь час ламала голову над цим, поки миша говорила

so that her idea of the tale was something like this

Щоб її уявлення про казку було приблизно таким

"Fury said to
a mouse, That
he met in the
house, 'Let
us both go
to law: *I*
will prosecute
you.—
Come, I'll
take no denial:
We must have
the trial;
For really
this morning
I've
nothing
to do.'
Said the
mouse to
the cur,
'Such a
trial, dear
sir, With
no jury
or judge,
would
be wasting
our
breath.'
'I'll be
judge,
I'll be
jury,'
said
cunning
old
Fury;
'I'll
try
the
whole
cause,
and
condemn
you to
death.'"

Fury said to a mouse, That he met in the house"
Ф'юрі сказав миші, Що він зустрівся в будинку"
Let us both go to law: I will prosecute you
Ходімо обоє до суду: я буду вас переслідувати
Come, I'll take no denial: We must have the trial
Ходімо, я не буду заперечувати: ми повинні мати суд
For really this morning I've nothing to do
Бо справді сьогодні вранці мені нема чого робити

Said the mouse to the cur;
— сказала мишка до курки;
Such a trial, dear sir, With no jury or judge, would be wasting our breath
Такий судовий процес, шановний пане, без присяжних і судді, марнував би наш подих
"I'll be judge, I'll be jury," said cunning old Fury
— Я буду суддею, я буду присяжним, — сказав хитрий старий Ф'юрі
I'll try the whole cause, and condemn you to death
Я спробую всю справу і засуджу тебе на смерть
the mouse spoke severely to Alice
мишеня суворо заговорило до Аліси
"You are not paying attention!"
— Ти не звертаєш уваги!
"What are you thinking of?"
— Про що ти думаєш?
"I beg your pardon," said Alice very humbly
- Прошу вибачення, - дуже скромно сказала Аліса
"you had got to the fifth bend, I think?"
— Ти дійшов до п'ятого повороту, здається?
"You insult me by talking such nonsense!"
— Ти ображаєш мене, говорячи такі дурниці!
and the mouse got up and walked away
А мишка підвелася і пішла геть
Alice called after the little mouse
— гукнула Аліса вслід мишеняті
"Please come back and finish your story!"
«Будь ласка, поверніться і закінчіть свою розповідь!»
And the others all joined in chorus
А решта всі приєдналися хором
"Yes, please do finish your story!"
— Так, будь ласка, докінчіть свою розповідь!
But the mouse only shook its head impatiently
Але миша тільки нетерпляче похитала головою
and the little mouse walked a little quicker
І мишеня пішло трохи швидше

"I wish I had Dinah, our cat, here!" said Alice

– От би мені тут була Діна, наша кішка, – сказала Аліса

This caused a remarkable sensation among the party

Це викликало неабиякий фурор у партії

Some of the birds hurried off at once

Дехто з птахів одразу ж поквапився

and a Canary called out in a trembling voice, to its children;

І канарейка тремтячим голосом гукнула до своїх дітей;

"Come away, my dears!"

— Ідіть геть, мої дорогі!

"It's high time you were all in bed!"

«Давно пора вам усім лягти в ліжко!»

with various excuses they all went away

З різними приводами вони всі пішли геть

and Alice was soon left alone

і Аліса скоро залишилася сама

"I wish I hadn't mentioned Dinah!"

— Краще б я не згадав про Діну!

"Nobody seems to like her down here"

"Здається, вона тут нікому не подобається"

"but I'm sure she's the best cat in the world!"

— Але я впевнений, що вона найкраща кішка у світі!

Poor Alice began to cry again

Бідолашна Аліса знову почала плакати

because she felt very lonely and low-spirited

Тому що вона відчувала себе дуже самотньою і пригніченою

In a little while, however, she again heard something

Але через деякий час вона знову щось почула

a little pattering of footsteps in the distance

Ледь чутний стукіт кроків вдалині

and she looked up eagerly

І вона нетерпляче підвела очі

The rabbit sends in little Mr Bill
Кролик посилає маленького містера Білла

It was the white rabbit,trotting slowly back again
Це був білий кролик, який повільно поплентався назад
he was looking about anxiously as he went
Він занепокоєно озирався на всі боки
he looked as if he had lost something
Він виглядав так, ніби щось загубив
Alice heard him muttering to himself
Аліса почула, як він бурмотів сам до себе
"The Duchess! The Duchess! Oh, my dear paws!"
— Герцогиня! Герцогиня! Ох, мої любі лапки!
"Oh, my fur and whiskers!"
— Ох вже моє хутро та вуса!
"She'll get me executed, I'm sure of that"
"Вона мене стратить, я в цьому впевнений"
"just as sure as ferrets are ferrets!"
— Так само, як тхори — тхори!
"Where can I have dropped my things, I wonder?"
— А куди я міг упустити свої речі, цікаво?

Alice guessed in a moment what he was looking for

Аліса за мить здогадалася, що він шукає

he was looking for the feather fan

Він шукав віяло з пір'я

and he was looking for the pair of white gloves

І він шукав пару білих рукавичок

so she very good-naturedly began looking for the gloves

Тож вона дуже добродушно почала шукати рукавички

and she looked for the feather fan too

І вона теж шукала віяло з пір'я

but the gloves and feather fan were nowhere to be seen

А ось рукавичок і віяла з пір'я ніде не було видно

everything seemed to have changed since her swim in the pool

Здавалося, все змінилося з тих пір, як вона плавала в басейні

nothing was the same since she had been in the great hall

Ніщо не було таким, як раніше, відколи вона була у Великій залі

and the glass table had vanished

І скляний стіл зник

and the little door wasn't there either

І маленької дверцята там теж не було

Very soon the rabbit noticed Alice

Дуже скоро кролик помітив Алісу

he called to her in an angry tone

— гукнув він до неї сердитим тоном

"Mary Ann, what are you doing out here?"

— Мері Енн, що ти тут робиш?

"Run home this moment"

"Біжи додому цієї миті"

"and fetch me a pair of gloves and a feather fan!"

— І принесіть мені пару рукавичок і віяло з пір'я!

"and be quick about it!"

— І не поспішай!

Alice spoke to herself as she ran off

— промовила Аліса сама до себе, тікаючи

"He must have mistaken me for his housemaid!"
— Він, мабуть, прийняв мене за свою покоївку!
"How surprised he'll be when he finds out who I am!"
— Як же він здивується, коли дізнається, хто я!
As she said this, she came upon a neat little house
Сказавши це, вона натрапила на охайний будиночок
on the door of the house was a bright brass plate
На дверях будинку була яскрава латунна пластина
"W. RABBIT"
"В. КРОЛИК"
She went in without knocking on the door
Вона зайшла, не постукавши у двері
and she hurried straight upstairs
І вона поспішила прямо нагору
she worried that she might meet the real Mary Ann
вона переживала, що може зустріти справжню Мері Енн
because then she would be turned out of the house
Бо тоді її вигнали б з дому
and she wouldn't be able to find the feather fan and gloves
І вона не змогла б знайти віяло з пір'я і рукавички
Alice had found her way into a tidy little room
Аліса потрапила в охайну маленьку кімнатку
in the room was a table by the window
У кімнаті стояв стіл біля вікна
and on the table was a feather fan
А на столі стояло віяло з пір'я
and there were two or three pairs of tiny white gloves
А там було дві-три пари крихітних білих рукавичок
she picked up the feather fan and a pair of the gloves
Вона підібрала віяло з пір'я і пару рукавичок
and she was just about to leave the room
І вона саме збиралася вийти з кімнати
but then her eyes fell upon a little bottle
Але тут її погляд упав на маленьку пляшечку
She uncorked the bottle and put it to her lips
Вона відкоркувала пляшку і приклала її до губ
"I do hope it'll make me grow large again"

«Я дуже сподіваюся, що це змусить мене знову стати великим»
"I'm tired of being such a tiny little thing!"
«Мені набридло бути такою крихітною штучкою!»
Alice had hardly drunk half the bottle
Аліса ледве випила половину пляшки
her head was already pressing against the ceiling
Її голова вже притискалася до стелі
and she had to stoop down
І вона мусила нахилитися
to save her neck from being broken
щоб врятувати її шию від перелому
She hastily put down the bottle
Вона похапцем поставила пляшку
"That's quite enough"
"Цього цілком достатньо"
"I hope I don't grow anymore"
"Сподіваюся, я більше не виросту"
Alas! It was too late to wish that!
На жаль! Бажати цього було вже пізно!
She went on growing and growing
Вона продовжувала рости і рости
and very soon she had to kneel down on the floor
І дуже скоро їй довелося опуститися на коліна на підлогу
and even then she went on growing
І навіть тоді вона продовжувала рости
as a last resource she put one arm out of the window
В якості останнього засобу вона висунула одну руку з вікна
and she put one foot up the chimney
І вона поставила одну ногу на комин
"Now I can do no more, whatever happens"
«Тепер я більше нічого не можу зробити, що б не трапилося»
"What will become of me?"
— Що зі мною станеться?

Alice had a spot of luck

Алісі пощастило

the little magic bottle had had its full effect

Маленька чарівна пляшечка справила свій повний ефект

and Alice grew no larger than she was

А Аліса виросла не більша за себе

After a few minutes she heard a voice outside

Через кілька хвилин вона почула голос знадвору

and she stopped to listen to the voice

І вона зупинилася, щоб послухати голос

"Mary Ann! Mary Ann!" said the voice

— Мері Енн! Мері Енн!» — пролунав голос

"Fetch me my gloves this moment!"

— Принесіть мені сьогодні мої рукавички!

Then came a little pattering of feet on the stairs

Потім почувся невеличкий тупіт ніг по сходах

Alice knew it was the rabbit coming to look for her

Аліса знала, що це кролик прийде її шукати

and she trembled till she shook the house

І вона тремтіла, аж хату трусила

she quite forgot what her proportions were

Вона зовсім забула, які в неї пропорції

she was a thousand times as large as the rabbit

Вона була в тисячу разів більша за кролика

and she had no reason to be afraid of a rabbit

І в неї не було причин боятися кролика

Presently the rabbit came up to the door

Раптом кролик підійшов до дверей

and the little rabbit tried to open the door

І кроленя спробувало відчинити дверцята

the door started to open inwards

Двері почали відчинятися всередину

but Alice's elbow was pressed hard against the door

але лікоть Аліси був сильно притиснутий до дверей

that attempt proved a failure

Ця спроба виявилася невдалою

Alice heard the rabbit speak to himself

Аліса почула, як кролик заговорив сам до себе

"Then I'll go around and get in through the window"

"Тоді я обійду і зайду через вікно"

"That you won't!" thought Alice

"Цього ти не зробиш!" — подумала Аліса

and she waited a little again

І вона знову трохи почекала

soon she heard the rabbit just under the window

Скоро вона почула кролика просто під вікном

she suddenly spread out her hand

Вона раптом простягла руку

and she made a snatch in the air

І вона зробила ривок у повітрі

She did not get hold of anything

Вона нічого не заволоділа

but she heard a little shriek and a fall

Але вона почула легкий вереск і падіння

and she heard a crash of broken glass

І вона почула гуркіт розбитого скла

perhaps the rabbit had fallen

Можливо, кролик упав

maybe he was in a green-house

Можливо, він був у теплиці

Next came an angry voice; the rabbit's voice

Потім пролунав сердитий голос; Голос кролика

"Pat, where are you?"

— Пет, а де ти?

And then came a voice she had never heard before

І тут пролунав голос, якого вона ніколи раніше не чула

"your honour, I'm here!"

— Ваша честь, я тут!

"I'm digging for apples"

"Я копаю яблука"

"Here! Come and help me out of this!"

— Ось! Прийди і допоможи мені вибратися з цього!»

"Now tell me, Pat, what's that in the window?"

— А тепер скажи мені, Пет, що це у вікні?

"Sure, your honour, I will tell you"

— Авжеж, ваша честь, я вам скажу.

"it's an arm that's in the window!"

— Це рука, що у вікні!

"Well, an arm has no business there"

"Ну, рука там не має справи"

"go and take the arm away!"

— Іди й забери руку!

There was a long silence after this

Після цього запала довга мовчанка

and Alice could only hear whispers now and then

А Аліса тільки раз у раз чула шепіт

and at last she spread out her hand again

І нарешті вона знову простягла руку

and she made another snatch in the air

І вона зробила ще один ривок у повітрі

This time there were two little shrieks

Цього разу пролунали два маленькі зойки

and there was more sounds of broken glass

І почулися ще звуки розбитого скла

"I wonder what they'll do next!" thought Alice
«Цікаво, що вони будуть робити далі!» — подумала Аліса
"I wish they would pull me out the window"
"Якби мене витягли з вікна"
She waited for some time
Вона почекала деякий час
but for a while she didn't hear anything more
Але якийсь час вона більше нічого не чула
At last came a rumbling of little wheels
Нарешті почувся гуркіт маленьких коліщаток
and there came the sound of a good many voices
І почувся звук безлічі голосів
all the voices were talking together
Всі голоси розмовляли між собою
She could make out some of the words
Вона могла розібрати деякі слова
"Where's the other ladder?"
— А де ж інша драбина?
"Bill's got the other ladder"
"У Білла інша драбина"
"Bill, come here!"
— Білле, йди сюди!
"Will the roof bear the load?"
«Чи витримає дах навантаження?»
"Who wants to go down the chimney?"
— Хто хоче спускатися в димар?
"Nay, I shall not! You do it!"
— Ні, не буду! Ти це зробиш!»
"Here, Bill!"
— Ось, Білле!
"The master says you've got to go down the chimney!"
— Хазяїн каже, що треба спускатися в димар!
Alice drew her foot as far down the chimney as she could
Аліса просунула ногу так далеко в димар, як тільки могла
and then she waited to see what was coming
А потім чекала, що буде
she heard a little animal scratching and scrambling

Вона почула, як маленьке звірятко подряпалося і поскреготало
the little animal must be in the chimney
звірятко обов'язково повинен знаходитися в димоході
then she gave one sharp kick
Тоді вона дала одного різкого стусана
and she waited to see what would happen next
І вона чекала, що буде далі
she heard a general chorus of voices
Вона почула загальний хор голосів
"There goes Bill!" they all said
«Ось іде, Білл!» — сказали вони всі
then she heard the rabbit's voice alone
Тоді вона почула голос кролика на самоті
"You by the hedge, catch him!"
— Ти біля живоплоту, спіймай його!
there was another moment of silence
Була ще одна хвилина мовчання
and then there was another confusion of voices
А потім знову почалася плутанина голосів
"Hold up his head, Brandy"
«Підніми його голову, Бренді»
"be careful not to choke him"
«Будь обережний, щоб не задушити його»
"What happened to you?"
— Що з тобою сталося?
Last came a little feeble, squeaking voice
Нарешті пролунав трохи слабкий, писклявий голос
"Well, I hardly know no more"
"Ну, я вже навряд чи не знаю"
"thank you all, I'm better now"
"Дякую всім, мені тепер краще"
"there is one thing I can remember"
"Є одна річ, яку я можу згадати"
"something comes at me like a train in a tunnel"
«Щось летить на мене, як поїзд у тунелі»
"and up I fly like a sky-rocket!"

— І вгору я лечу, як ракета в небо!
there was a minute or two of silence
Була хвилина-дві мовчання
and then they began moving about again
А потім вони знову почали рухатися
and Alice heard the Rabbit speak again
і Аліса знову почула, як Кролик заговорив
"A barrowful will do, to begin with"
"Для початку підійде борсун"
"A barrowful of what?" thought Alice
"Що ж?" – подумала Аліса
But she was not kept in suspense for long
Але її недовго тримали в напрузі
a shower of little pebbles came through the window
У вікно йшла злива з маленьких камінчиків
and some of the little pebbles hit her in the face
І деякі маленькі камінчики вдарили її по обличчю
Alice was surprised about the little pebbles
Аліса здивувалася маленьким камінчикам
all the little pebbles were turning into cakes
Всі маленькі камінчики перетворювалися на тістечка
and a bright idea came into her head
І в її голові прийшла яскрава ідея
"I should eat one of these cakes"
"Я повинен з'їсти один з цих тістечок"
"cake is sure to make some change in my size"
"Торт обов'язково змінить мій розмір"
So she swallowed one of the cakes
Так вона проковтнула один з тістечок
and she was delighted to find that she began shrinking
І вона була в захваті, побачивши, що почала зменшуватися
soon she was small enough to get through the door
Невдовзі вона стала досить маленькою, щоб проникнути в двері
she ran out of the house
Вона вибігла з хати
a crowd of little animals and birds were waiting outside

Надворі чекав натовп звіряток і пташок
all the little birds and animals rushed at Alice
всі маленькі пташки і звірятка кинулися на Алісу
but she ran off as fast as she could
Але вона втекла так швидко, як тільки могла
and soon she found herself safe in a thick wood
І незабаром вона опинилася в безпеці в густому лісі
Alice wandered about in the woods
Аліса блукала лісом
and she thought to herself:
І вона подумала:
"I know what I have to do first"
«Я знаю, що маю зробити в першу чергу»
"first I have to grow to my right size again"
"спочатку я знову маю вирости до потрібного розміру"
"and then I have to find my way into that lovely garden"
"І тоді я маю знайти дорогу в той чудовий сад"
"I suppose I ought to eat or drink something or other"
«Я вважаю, що я повинен їсти або пити щось або інше»
"but the question is what should I eat or drink?"
— Але питання в тому, що я маю їсти чи пити?
Alice looked all around her at the flowers
Аліса озирнулася навкруги на квіти
and she looked through the blades of grass
І вона дивилася крізь травинки
but she could not see anything to eat or drink
Але вона не бачила, що їсти чи пити
nothing looked like the right thing to eat or drink
Ніщо не виглядало як правильна річ для їжі чи пиття
There was a large mushroom growing near her
Біля неї ріс великий гриб
the mushroom was about the same height as Alice
гриб був приблизно такого ж зросту, як Аліса
She stretched herself up on tiptoes
Вона потягнулася навшпиньки
and she peeped over the edge of the mushroom
І вона зазирнула через край гриба

her eyes immediately met the eyes of a large blue caterpillar
Її погляд відразу ж зустрівся з очима великої блакитної гусениці
the caterpillar was sitting on the top of the mushroom
Гусениця сиділа на верхівці гриба
and the caterpillar had crossed all his arms
І гусениця схрестила всі його руки
and he was quietly smoking a long hookah
І він тихенько курив довгий кальян
and he took not the smallest notice of anything
І він ні на що не звертав ані найменшої уваги
and he certainly didn't pay attention to Alice
і він, звичайно, не звернув уваги на Алісу

Advice from a caterpillar
Поради від гусениці

At last the caterpillar took the hookah out of its mouth
Нарешті гусениця вийняла кальян з рота
and he addressed Alice in a languid, sleepy voice
і він звернувся до Аліси млявим, сонним голосом
"Who are you?" said the caterpillar
«Хто ти такий?» — запитала гусениця

Alice replied, rather shyly, "I hardly know, sir"
— досить сором'язливо відповіла Аліса.— Навряд чи
знаю,.
"just at the moment it's all a bit..."
"Просто на даний момент це все трохи..."
"I know who I was when I got up this morning""
"Я знаю, ким я був, коли прокинувся сьогодні вранці"
"but I think I must have changed several times since then"
"але я думаю, що з тих пір я, мабуть, змінився кілька разів"
"What do you mean by that?" said the caterpillar
«Що ти маєш на увазі?» — сказала гусениця
sternly the caterpillar asked her to explain herself

Гусінь суворо попросила її пояснити свою думку
"I can't explain myself, I'm afraid, sir," said Alice
— Я не можу пояснити, боюся,, — сказала Аліса
"because I'm not myself"
"Тому що я не я"
"you see, being so many different sizes in a day is very confusing"
"Розумієте, бути стільки різних розмірів за день дуже збиває з пантелику"
She pulled herself up and said very gravely:
Вона підвелася і сказала дуже поважно:
"I think you ought to tell me who you are, first"
"Я думаю, ти повинен спочатку сказати мені, хто ти"
"Why?" said the caterpillar
«Чому?» — сказала гусениця
Alice could not think of any good reason
Аліса не могла придумати жодної поважної причини
and the caterpillar seemed to be in a very unpleasant state of mind
І гусениця начебто перебувала в дуже неприємному стані душі
so she turned away
І вона відвернулася
"Come back!" the caterpillar called after her
«Повертайся!» — гукнула їй услід гусениця
"I've something important to say!"
— Маю сказати дещо важливе!
Alice turned and came back again
Аліса повернулася і знову повернулася
"Keep your temper," said the caterpillar
— Тримай себе в руках, — сказала гусениця
"Is that all?" said Alice
"Це все?" - сказала Аліса
and she swallowed her anger as well as she could
І вона ковтнула свій гнів так добре, як могла
"No," said the caterpillar
— Ні, — сказала гусениця

the caterpillar unfolded its arms
Гусениця розгорнула руки
and he took the hookah out of his mouth again
І він знову вийняв кальян з рота
and he said, "So you think you're changed, do you?"
І він сказав: "То ти думаєш, що змінився, чи не так?"
"I'm afraid, I am changed, sir," said Alice
- Боюся, я змінилася,, - сказала Аліса
"I can't remember things as I used to remember them"
«Я не можу пам'ятати речі так, як я їх пам'ятав раніше»
"and I don't stay the same size for more than ten minutes!"
— І я не залишаюся одного розміру більше десяти хвилин!
"What size do you want to be?" asked the caterpillar
«Якого розміру ти хочеш бути?» — запитала гусениця
"Oh, I don't particularly mind what size I am," Alice hastily replied
- О, мені все одно, якого я розміру, - квапливо відповіла Аліса
"I just don't like changing size so often, you know"
"Я просто не люблю так часто змінювати розмір, розумієте"
"I would like to be a little larger, sir"
— Я хотів би бути трохи більшим,.
"if you wouldn't mind," added Alice
— Якщо ти не проти, — додала Аліса
"Ten centimetres is such a wretched height to be"
«Десять сантиметрів – це такий жалюгідний зріст»
"It is a very good height indeed!" said the caterpillar angrily
— Це справді дуже добра висота, — сердито сказала гусениця
and he reared itself upright as he spoke
І він випростався, коли говорив
he was exactly ten centimetres high
Він був рівно десять сантиметрів на зріст
In a minute or two, the caterpillar got down off the mushroom
За хвилину-дві гусениця злізла з гриба

and he crawled away into the grass

І він поповз у траву

as he went away, he made some little remarks

Відходячи, він зробив кілька невеличких зауважень

"One side will make you grow taller"

«Одна сторона змусить вас ставати вищим»

"and the other side will make you grow shorter"

«А інша сторона змусить тебе стати нижчим»

"One side of what?" thought Alice to herself

"Один бік чого?" — подумала собі Аліса

"The other side of what?"

— По той бік чого?

"the side of the mushroom," said the caterpillar

— Бік гриба, — сказала гусениця

it was as if she had asked her question aloud

Вона наче поставила своє запитання вголос

and in another moment, he was out of sight

А ще мить — і він зник з поля зору

Alice remained looking thoughtfully at the mushroom

Аліса продовжувала задумливо дивитися на гриб

she was trying to make out which were the two sides of the mushroom

Вона намагалася розібрати, з яких двох сторін гриб

At last she stretched her arms around the mushroom

Нарешті вона простягла руки навколо гриба

and she broke off a bit of the edges

І у неї трохи відламалися краї

"And now, which side is which?" she said to herself

«А тепер, який бік який?» — запитала вона сама до себе

and she nibbled a little of the right-hand bit

І вона покусала трохи правого шматка

The next moment she felt a violent blow underneath her chin

Наступної миті вона відчула сильний удар під підборіддям

her chin had struck her foot!

Її підборіддя вдарилося об ногу!

She was a good deal frightened by this very sudden change

Вона була дуже налякана цією дуже раптовою зміною
she was shrinking very rapidly
Вона дуже швидко зменшувалася
so she quickly ate some of the other bit of mushroom
Тому вона швидко з'їла трохи іншого шматочка гриба
Her chin was pressed very closely against her foot
Її підборіддя було дуже щільно притиснуте до стопи
there was hardly room to open her mouth
Ледве можна було відкрити рот
but she did at last manage to open her mouth
Але вона нарешті спромоглася відкрити рота
and she swallowed a morsel of the left-hand bit
І вона проковтнула шматочок лівого шматка
"my head's been freed at last!" said Alice
— Нарешті моя голова звільнилася, — сказала Аліса
she looked down at herself
Вона подивилася на себе зверхньо
but all she could see was an immense length of neck
Але все, що вона могла бачити, це величезна довжина шиї
her neck seemed to rise like a stalk
Її шия, здавалося, піднялася, як стебло
and she looked down over a sea of green leaves
І вона подивилася вниз на море зеленого листя
"Where have my shoulders gotten to?"
— Куди ж поділися мої плечі?
"And oh, my poor hands, how is it I can't see you?"
— А ой, бідні мої руки, як це я вас не бачу?
but her neck did have one benefit
Але її шия мала одну перевагу
she could move her head in any direction
Вона могла рухати головою в будь-якому напрямку
in fact, she was just like a serpent
Насправді вона була схожа на змію
she gracefully zigzagged her head down
Вона граціозним зигзагом опустила голову вниз
and she moved her head through the trees
І вона ворушила головою по деревах

but then she heard a sharp hiss
Але тут вона почула різке шипіння
and she quickly pulled her head back
І вона швидко відкинула голову назад
a large pigeon had flown into her face
Великий голуб влетів їй в обличчя
and the pigeon was violently with its wings
А голуб буйно махав крилами

"Serpent!" cried the pigeon
«Змія!» — закричав голуб
"I'm not a serpent!" said Alice indignantly
- Я не змія, - обурено сказала Аліса
"Leave me alone!"
— Облиште мене!

"I've tried the roots of trees"
«Я спробував коріння дерев»
"and I've tried hedges," the pigeon went on
— А я вже пробував живоплоти, — вів далі голуб
"but those serpents! There's no pleasing them!"
— Але ж ті змії! Їм не догодиш!»
Alice was more and more puzzled
Аліса все більше і більше спантеличувалася
"As if it wasn't trouble enough hatching the eggs," said the pigeon
— Наче й не вистачило клопоту з висиджуванням яєць, — сказав голуб
"by night and day I must look out for serpents too!"
— І вночі, і вдень я мушу остерігатися змій!
"I had just found the highest tree in the forest"
«Я щойно знайшов найвище дерево в лісі»
"surely I'd be free from serpents here?"
— Невже я був би тут вільний від змій?
"and out comes a serpent from the sky!"
— І звідти з неба вилітає змія!
"But I'm not a serpent, I tell you!" said Alice
- Але ж я не змія, кажу тобі, - сказала Аліса
"I'm a... I'm a... I'm a little girl," she added rather doubtfully
"Я... Я... Я маленька дівчинка, — додала вона досить сумнівно
she had after all been going through a lot of changes
Адже вона пережила багато змін
"You're looking for eggs," said the pigeon
— Ти шукаєш яйця, — сказав голуб
"I know that for a fact"
"Я знаю це точно"
"and what does it matter if you're a little girl or a serpent?"
— А яка різниця, чи ти маленька дівчинка, чи змія?
"It matters a good deal to me," said Alice hastily
— Для мене це має велике значення, — квапливо сказала Аліса
"but I'm not looking for eggs, as it happens"

"Але я не шукаю яєць, як буває"
"and I wouldn't want your eggs anyway"
"І я б все одно не хотіла твоїх яєць"
"I don't like my eggs raw"
"Я не люблю свої яйця сирими"
"Well, be off then!" said the pigeon in a sulky tone
— Ну, тоді геть, — сказав голуб похмурим тоном
and the pigeon settled down again into its nest
І голуб знову влаштувався в своє гніздо
Alice crouched down among the trees as well as she could
Аліса присіла поміж деревами, як тільки могла
her neck kept getting entangled among the branches
Її шия весь час заплутувалася серед гілля
every now and then she had to stop and untwist her neck
Раз у раз їй доводилося зупинятися і розкручувати шию
After awhile she remembered the mushroom
Через деякий час вона згадала про гриб
she still held the pieces of mushroom in her hands
Вона все ще тримала шматочки гриба в руках
and she set to work very carefully
І вона дуже обережно взялася за роботу
first she nibbled at one piece
Спочатку вона гризла один шматочок
and then she nibbled at the other piece
А потім погризла інший шматок
sometimes she grew taller
Іноді вона ставала вищою
and sometimes she grew shorter
І іноді вона ставала нижчою
but finally she achieved her usual height
Але нарешті вона досягла свого звичайного зросту
she hadn't been her own height for some time
Вона вже деякий час не була на зріст
so everything felt strange for a while
Тому якийсь час все здавалося дивним
"The next thing to do is to get into that beautiful garden"
"Наступне, що потрібно зробити, це потрапити в цей

прекрасний сад"
"how is that to be done, I wonder?"
— Цікаво, як це зробити?
As she said this, she came upon an open place
Сказавши це, вона натрапила на відкрите місце
there was a little house, a bit higher than a metre
Там була маленька хатинка, трохи вища за метр
"I wonder who lives in this little house"
"Цікаво, хто живе в цьому маленькому будиночку"
"I certainly can't go in as big as I am"
"Я, звичайно, не можу увійти таким великим, як я"
"I would frighten them terribly!"
— Я б їх страшенно налякав!
so she nibbled at the little mushroom again
І вона знову погризла маленького грибочка
and soon she brought herself down thirty centimetres
І скоро вона опустилася на тридцять сантиметрів

A pig and some pepper

Свиня і трохи перцю

For a minute or two she stood looking at the house

Хвилину чи дві вона стояла і дивилася на будинок

suddenly a footman came running out of the woods

Раптом з лісу вибіг лакей

he was wearing a special livery uniform

Він був одягнений у спеціальну ліврею

judging by his face only, she would have called him a fish

Судячи тільки з його обличчя, вона назвала б його рибою

and he rapped loudly at the door with his knuckles

І він голосно грюкнув у двері кісточками пальців

the door was opened by another footman

Двері відчинив інший лакей

this footman too was wearing a special livery

Цей лакей теж був одягнений у спеціальну ліврею

this footman had a round face and large eyes like a frog

У цього лакея було кругле обличчя і великі, як у жаби, очі

The footman that looked like a fish initiated the ceremony
Ініціатором церемонії був лакей, схожий на рибу
he pulled out something from under his arm
Він витягнув щось з-під пахви
and he pulled out from under his arm an envelope
І він витяг з-під пахви конверт
and this envelope he handed over to the other footman
І цей конверт він передав другому лакеєві
in a ceremonious tone he told him the orders
Урочистим тоном він переказав йому накази
"This message is for the Duchess"
"Це послання для герцогині"
"An invitation from the queen to play croquet"
"Запрошення від королеви пограти в крокет"
The footman that looked like a frog repeated the order
Лакей, схожий на жабу, повторив наказ
"from the queen"
"Від королеви"
"an invitation"
"Запрошення"
"for the Duchess"
"для герцогині"
"playing croquet"
"Гра в крокет"
Then they both bowed low
Тоді вони обоє низько вклонилися
and the curls in their wigs got entangled together
І кучері в їхніх перуках сплуталися докупи
soon the footman that looked like a fish was gone
Незабаром лакей, схожий на рибу, зник
but the footman that looked like a frog was still there
Але лакей, схожий на жабу, все ще був там
he was sitting on the ground near the door
Він сидів на землі біля дверей
he was staring stupidly up into the sky
Він тупо дивився в небо
Alice went timidly up to the door and knocked

Аліса несміливо підійшла до дверей і постукала
"There's no use in knocking," said the footman
— Немає сенсу стукати, — сказав лакей
"and that is for two reasons"
"І це з двох причин"
"First, because I'm on the same side of the door as you are"
«По-перше, тому що я по той же бік дверей, що і ти»
"secondly, because they're making so much noise inside"
"По-друге, тому що вони так багато шумлять всередині"
"no one could possibly hear you"
«Тебе ніхто не міг почути»
And there certainly was a most extraordinary noise going on within
І всередині, безперечно, здійнявся надзвичайний шум
a constant howling and sneezing
постійне виття і чхання
and every now and then a sound of great crashing
І раз у раз долинав звук сильного гуркоту
as if a dish or kettle had been broken to pieces
Наче тарілку чи чайник розбили на шматки
"How am I to get in?" asked Alice
«Як мені туди потрапити?» — запитала Аліса
"Should you get in at all?" said the footman
— А тобі взагалі лізти? — спитав лакей
"That's the first question, you know"
"Це перше питання, ви знаєте"
Alice opened the door and went in
Аліса відчинила двері і зайшла всередину
The door led right into a large kitchen
Двері вели прямо у велику кухню
the kitchen was full of smoke from one end to the other
У кухні від одного кінця до іншого йшов дим
in the middle of the kitchen was the Duchess
посеред кухні стояла герцогиня
she was sitting on a three-legged stool
Вона сиділа на триногому табуреті
and she was nursing a baby

І вона годувала дитину
the cook was leaning over the fire
Кухар схилився над вогнем
he was stirring a large caldron
Він ворушив великий котел
and the caldron seemed to be full of soup
А в казанку, здавалося, було повно юшки
**"There's certainly too much pepper in that soup!" Alice said
to herself**
— У тому супі точно забагато перцю! — сказала сама до
себе Аліса
she said it as best she could without sneezing
Вона сказала це, як могла, не чхнувши
Even the Duchess sneezed occasionally
Навіть герцогиня час від часу чхала
but the baby's actions were the most noteworthy
Але найбільшої уваги заслуговували вчинки малюка
the baby was sneezing and howling alternately
Малюк чхав і вив по черзі
**there was not a moment's pause between howling and
sneezing**
Між виттям і чханням не було ні хвилини паузи
There were two creatures in the kitchen that did not sneeze
На кухні було дві істоти, які не чхали
the cook was too busy to sneeze
Кухар був надто зайнятий, щоб чхнути
and the large cat did not seem to mind the pepper
А великий кіт, схоже, був не проти перцю
instead, the large cat was grinning from ear to ear
Замість цього великий кіт посміхався від вуха до вуха
"Please would you tell me," said Alice, a little timidly
- Скажіть, будь ласка, - сказала Аліса трохи несміливо
"why is your cat grinning like that?"
— Чому твоя кішка так посміхається?
"It's a Cheshire-Cat," said the Duchess
— Це Чеширський Кіт, — сказала герцогиня
"and that's why he's grinning from ear to ear"

"І тому він посміхається від вуха до вуха"
"I didn't know that a Cheshire-Cat always grinned"
«Я не знала, що Чеширський Кіт завжди посміхається»
"in fact, I didn't know that cats could grin," said Alice
— Насправді я не знала, що коти можуть усміхатися, — сказала Аліса
"there is much you don't know," said the Duchess
— Є багато чого, чого ти не знаєш, — сказала герцогиня
"there is much you don't know and that's a fact"
«Є багато чого, чого ви не знаєте, і це факт»
Just then the cook took the caldron of soup off the fire
Саме тоді кухар зняв з вогню котел з супом
and at once she started throwing everything within her reach
І відразу ж почала кидати все, що було їй під силу
she threw everything she could at the Duchess and the babe
вона кинула все, що могла, на герцогиню і немовля
first she threw the fire-irons
Спочатку вона кинула вогняні праски
then she threw a handful of saucepans
Тоді вона кинула жменю каструльок
and finally she threw the plates and dishes
І нарешті вона кинула тарілки і тарілки
The Duchess took no notice of her
Герцогиня не звернула на неї уваги
even when she was hit by a plate she did not worry
Навіть коли її вдарило тарілкою, вона не хвилювалася
the baby was already howling so much
Малюк вже так сильно вив
so it was impossible to say whether the blows hurt the baby or not
Так що сказати, боляче від ударів дитині чи ні, було неможливо
"Oh, please mind what you're doing!" cried Alice
«Ой, будь ласка, зважай, що ти робиш!» — вигукнула Аліса
and she jumped up and down in an agony of terror
І вона стрибала вгору і вниз в агонії жаху

the Duchess offered Alice the baby

герцогиня запропонувала Алісі немовля

"Here! You may nurse the baby a bit, if you like!"

— Ось! Ви можете трохи годувати дитину, якщо хочете!»

and she flung the baby at her as she spoke

І вона жбурнула в неї немовля, коли вона говорила

"I must go and get ready to play croquet with the queen"

"Я мушу піти і приготуватися до гри в крокет з королевою"

and she hurried out of the room

І вона поспішила з кімнати

Alice caught the baby with some difficulty

Аліса насилу зловила малюка

because it was a very odd-shaped little creature

Тому що це було дуже дивної форми маленьке створіння

and the baby held out its arms and legs in all directions

А малюк простягав ручки і ніжки на всі боки

"I better take this child away with me," thought Alice

"Краще я заберу цю дитину з собою", - подумала Аліса

"they're sure to kill this baby in a day or two"

«Вони обов'язково вб'ють цю дитину за день-два»

"Wouldn't it be murder to leave this baby behind?"

«Чи не було б вбивством залишити цю дитину позаду?»

She said the last words out loud

Останні слова вона сказала вголос

and the little thing grunted in reply

І малий буркнув у відповідь

"you best not turn into a pig, my dear," said Alice

- Краще не перетворюватися на свиню, моя люба, - сказала Аліса

"or else I'll have nothing more to do with you"

"або я більше не матиму з тобою нічого спільного"

Alice was just beginning to think to herself:

Аліса тільки починала думати:

"Now, what am I to do with this creature, when I get it home?"

— Що ж мені робити з цим створінням, коли я принесу його додому?

but then the little creature grunted a little violently

Але потім маленьке створіння трохи люто буркнуло

and Alice looked down into its face in some alarm

І Аліса в якійсь тривозі подивилася йому в обличчя

This time there could be no mistake about it

Цього разу не могло бути помилки

it was neither more nor less than a pig

Це було не багато і не мало свині

so she set the little creature down

І вона посадила маленьке створіння

and the little creature trot away quietly into the wood

І маленьке створіння тихо побігло в ліс

Alice felt quite relieved to see the creature go

Аліса відчула неабияке полегшення, побачивши, що створіння зникло

Alice was a little startled by seeing the Cheshire-Cat

Аліса трохи здивувалася, побачивши Чеширського Кота

it was sitting on a bough of a tree a few yards off

Він сидів на гілці дерева за кілька метрів від нього

The cat only grinned when it saw her

Кіт тільки посміхнувся, побачивши її

"Cheshire-cat," began Alice, rather timidly

- Чеширський кіт, - досить несміливо почала Аліса

"would you please tell me which way I ought to go from here?"

— Скажіть, будь ласка, яким шляхом я маю йти звідси?

"In that direction," the cat said

— У той бік, — сказав кіт

and it waved the right paw around

І махнув правою лапою

"In that direction lives a maker of hats"

«У тому напрямку живе виробник капелюхів»

and then the cat waved its other paw

І тут кіт махнув другою лапою

"and in that direction lives a march hare"

"А в тому напрямку живе похідний заєць"

"Visit either you like; they're both mad"

"Приходьте в гості, як вам подобається; Вони обоє
збожеволіли"
"But I don't want to go among mad people," Alice remarked
— Але я не хочу йти серед божевільних, — зауважила
Аліса
"Oh, you can't help that," said the Cat
— Ой, нічого не вдієш, — сказав Кіт
"we're all mad here"
"Ми всі тут божевільні"
"are you playing croquet with the queen today?"
— Ти сьогодні граєш у крокет з королевою?
"I would like to very much," said Alice
— Я б дуже хотіла, — сказала Аліса
"but I haven't been invited yet"
"Але мене ще не запросили"
"You'll see me there," said the Cat
— Ти мене там побачиш, — сказав Кіт
and from one moment to the next the cat vanished
І від однієї миті до іншої кіт зникав
soon Alice got in sight of the house of the march hare
Незабаром Аліса потрапила в поле зору будиночка
маршового зайця
this was a very large house
Це був дуже великий будинок
so Alice did not want to go near the house
Тому Аліса не хотіла підходити до будинку
**first she had to nibble some more of the left side bit of
mushroom**
Спочатку їй довелося відгризти ще трохи лівого бічного
шматочка гриба

a mad tea-party
Божевільне чаювання

In front of the house there was a tree
Перед будинком росло дерево
and under the tree there was a table
А під деревом стояв стіл
and the table was set with all sorts of cutlery
А на столі було заставлено всякими столовими приборами
the march hare and the hat maker were at the table
За столом сиділи березневий заєць і капелюшник
and together they were having tea
І вони разом пили чай
a dormouse was sitting between them
Між ними сиділа соня
and the dormouse was fast asleep
А соня міцно спала
The table was of extraordinary size
Стіл був надзвичайних розмірів
but most of the table was unoccupied
Але більша частина столу була незайнята
they sat crowded together at one corner of the table
Вони тісно сиділи один до одного в одному кутку столу
and yet they made excuses when they saw Alice
і все ж вони виправдовувалися, побачивши Алісу
"No room! No room!" they cried out
"Немає місця! Немає місця!» — кричали вони
"There's plenty of room!" said Alice indignantly
- Тут багато місця, - обурено сказала Аліса
at one end of the table there was a large arm-chair
На одному кінці столу стояло велике крісло
and Alice sat herself in the armchair
А Аліса сама сіла в крісло
the hat maker opened his eyes very wide
Капелюшник широко розплющив очі
he couldn't believe what he was seeing
Він не міг повірити в те, що бачив
but his mind was curious about other things

Але його розум цікавився іншими речами
"Why is a raven like a writing-desk?"
— Чому ворон подібний до письмового столу?
Alice was open to the challenge
Аліса була відкрита до виклику
"I'm glad they've begun asking riddles"
"Я радий, що вони почали загадувати загадки"
"I believe I can guess that," she added aloud
— Гадаю, я можу це здогадатися, — додала вона вголос
The march hare grew curious about Alice
Маршовий заєць зацікавився Алісою
"Do you really think you can find the answer?"
— Ти справді думаєш, що зможеш знайти відповідь?
"I think I can find the answer indeed," said Alice
— Гадаю, я справді зможу знайти відповідь, — сказала
Аліса
**"Then you should say what you mean," the march hare went
on**
— Тоді ти мусиш сказати, що маєш на увазі, — вів далі
маршовий заєць
"I do say what I mean," Alice hastily replied
- Я кажу, що маю на увазі, - квапливо відповіла Аліса
"at the very least I mean what I say"
"принаймні я маю на увазі те, що кажу"
"that's the same thing, you know"
"Це одне й те саме, розумієте"
the dormouse also contributed to the conversation
Свою лепту в розмову внесла і соня
but the dormouse seemed to be talking in its sleep
Але сонь, здавалося, розмовляла уві сні
"I breathe when I sleep"
«Я дихаю, коли сплю»
"I sleep when I breathe!"
«Я сплю, коли я дихаю!»
"you might as well say they are the same too"
"Можна сказати, що вони теж однакові"
"It is the same thing with you," said the hat maker

— Те ж саме і з вами, — сказав капелюшник
and he poured a little tea on the dormouse's nose
І він налив трохи чаю на ніс соні
The Dormouse shook its head impatiently
Соні нетерпляче похитала головою
and again the dormouse spoke, without opening its eyes
І знову заговорила сонь, не розплющуючи очей
"Of course, of course it is the same"
"Звичайно, звичайно, це одне й те саме"
"that's just what I was going to say myself"
"Саме так я і збирався сказати"

The hat maker turned to Alice and asked another question
Виробник капелюхів обернувся до Аліси і поставив ще одне запитання
"Have you guessed the riddle yet?"
— Ти вже відгадав загадку?
"No, I give up," Alice conceded
— Ні, я здаюся, — погодилася Аліса
"What's the answer?" she wanted to know
«Яка відповідь?» — хотіла вона знати

"I haven't the slightest idea," said the hat maker

— Я не маю ані найменшого уявлення, — сказав капелюшник

"Nor do I know," said the march hare

— І я не знаю, — сказав заєць

Alice gave a weary sigh

Аліса стомлено зітхнула

"there are better uses of time than riddles without answers"

«Є краще використання часу, ніж загадки без відповідей»

"have some more tea," the march hare said to Alice, very earnestly

— Випий ще чаю, — дуже серйозно сказав Алісі березневий заєць

Alice was quite offended by the offer

Аліса неабияк образилася на таку пропозицію

"I've had not had tea yet," Alice replied

- Я ще не пила чаю, - відповіла Аліса

"therefore I can't have any more tea"

"Тому я не можу більше пити чай"

"You mean you can't have less tea," said the hat maker

— Ти маєш на увазі, що не можна пити менше чаю, — сказав капелюшник

"it's very easy to take more than nothing"

"Дуже легко взяти більше, ніж нічого"

At this, Alice got up and walked off

На це Аліса підвелася і пішла

The dormouse fell asleep instantly

Соні вмить заснула

and neither of the others took the least notice of her going

І жоден з інших не звернув на неї анінайменшої уваги

though she looked back once or twice

Хоч вона озирнулася раз чи два назад

they were trying to put the dormouse into the tea-pot

Вони намагалися посадити соню в чайник для заварювання

"At any rate, I'll never go there again!" said Alice

"У всякому разі, я більше ніколи туди не поїду!" - сказала

Аліса

and she walked her way through the woods

І пішла вона лісом

"that was the stupidest tea-party I've ever been to"

"Це було найдурніше чаювання, на якому я коли-небудь був"

Just as she said this, she noticed something

Як тільки вона це сказала, дещо помітила

one of the trees had a door leading right into it

На одному з дерев прямо в нього вели двері

"That's very interesting!" she thought

«Це дуже цікаво!» — подумала вона

"I think I may as well go through the door"

"Я думаю, що я можу зайти в двері"

And through the door she went

І через двері вона увійшла

Once more she found herself in the long hall

Вона знову опинилася в довгому залі

again she was close to the little glass table

Вона знову наблизилася до маленького скляного столика

she took the little golden key

Вона взяла маленький золотий ключик

and she unlocked the door that led into the garden

І вона відімкнула двері, що вели в сад

Then she set to work nibbling at the mushroom

Потім взялася до роботи, гризучи гриб

she had kept a piece of the mushroom in her pocket

Вона тримала шматочок гриба в кишені

and finally she was about a metre tall

І нарешті вона була близько метра на зріст

then she walked down the little corridor

Потім вона пішла маленьким коридором

and then she finally found herself in the beautiful garden

І ось вона нарешті опинилася в прекрасному саду

and she was among the bright flower and the cool fountains

І вона була серед яскравої квітки і прохолодних фонтанів

The queen's croquet ground
Майданчик для крокету королеви

A large rose-tree stood near the entrance of the garden

Біля входу в сад стояла велика троянда

the roses growing on the tree were white

Троянди, що росли на дереві, були білого кольору

but there were three gardeners painting the rose

Але було троє садівників, які фарбували троянду

they were busily painting the roses red

Вони діловито фарбували троянди в червоний колір

and Alice was watching them paint the roses red

а Аліса дивилася, як вони фарбують троянди в червоний колір

and suddenly their eyes chanced to fall upon Alice

і раптом їхні очі випадково впали на Алісу

Alice spoke a little timidly

— трохи несміливо промовила Аліса

"Would you tell me, please;"

— Чи не могли б ви сказати мені, будь ласка?

"why are you all painting those roses?"

— Чому ви всі малюєте ці троянди?

five and seven said nothing, but looked at two

П'ятеро і сім нічого не сказали, а подивилися на двох

two spoke, in a low voice

— тихим голосом заговорили двоє

"Why, the fact is, you see, madam"

— Річ у тім, що бачиш, пані.

"this here ought to have been a red rose-tree"

"Це мало бути червоне рожеве дерево"

"and we put a white rose-tree in by mistake"

«І ми помилково посадили біле рожеве дерево»

"as you would agree, the queen must not find out"

"Як ви погодитеся, королева не повинна про це дізнатися"

"else we would all have our heads cut off"

"Інакше нам би всім відрубали голови"

"So you see, madam, we're doing our best"

"Отже, бачите, пані, ми робимо все можливе"

card five had been anxiously looking across the garden
Карта п'ята занепокоєно дивилася на весь город
At this moment card five called out, "The queen! The queen!"
У цей момент карта п'ята вигукнула: «Королева! Королева!»
and the three gardeners instantly scurried away
І троє садівників миттю помчали геть
and they threw themselves flat upon their faces
І вони кинулися долілиць своїми
There was a sound of many footsteps
Почулося багато кроків
Alice looked around, eager to see the queen
Аліса озирнулася навколо, прагнучи побачити королеву
At the start of the procession were ten soldiers
На початку процесії стояло десять воїнів
their hands and feet were in the corners
Їхні руки й ноги були по кутках
and in their hands and feet were clubs
А в їхніх руках і ногах були палиці
next came the ten courtiers
Далі йшли десять придворних
the courtiers were ornamented all over with diamonds
Придворні були всюди прикрашені діамантами
After the courtiers came the royal children
Слідом за придворними прийшли і королівські діти
there were ten of the royal children
Царських дітей було десятеро
and all the royal children were ornamented with hearts
І всі царські діти були прикрашені серцями
Next came the guests; mostly kings and queens
Далі йшли гості; В основному королі і королеви
and among the kings and queen Alice saw someone
і серед королів і королеви Аліса побачила когось
she saw again the white rabbit she had chased
Вона знову побачила білого кролика, за яким гналася
The procession was followed the knave of hearts

За процесією йшов покров сердець
he was carrying the king's crown
Він ніс корону короля
and the king's crown was on a crimson velvet cushion
А корона короля була на багряній оксамитовій подушці
and then came the end of this grand procession
І ось настав кінець цієї грандіозної процесії
and there at the end were the king and queen of hearts
І там в кінці були король і королева сердець
the procession came opposite to Alice
процесія йшла навпроти Аліси
and they all stopped and looked at her
І всі вони зупинилися і подивилися на неї
and the queen said severely, "Who is this?"
І суворо сказала цариця: "Хто це?"
She said it to the Knave of Hearts
Вона сказала це Кницеві Сердець
but he just bowed and smiled in reply
Але він лише вклонився і посміхнувся у відповідь
Alice spoke very politely
Аліса говорила дуже ввічливо
"My name is Alice, so please your majesty"
"Мене звуть Аліса, тож будь ласка, ваша величність"
but she had other thoughts to herself
Але в неї були інші думки
"they're only a pack of cards, after all!"
— Зрештою, це лише колода карт!
"Can you play croquet?" shouted the queen
«Ти вмієш грати в крокет?» — вигукнула королева
The question was evidently meant for Alice
Питання, очевидно, було призначене для Аліси
"Yes!" said Alice loudly
- Так, - голосно сказала Аліса
"Come play then!" roared the queen
«Тоді ходімо грати!» — заревіла королева
a timid voice spoke to Alice
— промовив до Аліси несміливий голос

"it's a very fine day!"
«Дуже гарний день!»
She was walking by the white rabbit
Вона йшла біля білого кролика
and the White Rabbit was peeping anxiously into her face
і Білий Кролик тривожно заглядав їй в обличчя
"a very fine day indeed," confirmed Alice
— Справді дуже гарний день, — підтвердила Аліса
"Where's the duchess?"
— А де ж герцогиня?
"Hush! Hush!" said the Rabbit
— Тихіше! Тихіше!» — сказав Кролик
"She's under sentence of execution"
"Вона засуджена до розстрілу"
"What is she being executed for?" asked Alice
«За що її страчують?» – запитала Аліса
"She scuffed the queen's ears," the rabbit began
— Вона потерла вуха королеві, — почав кролик
the queen shouted in a voice of thunder
— крикнула королева голосом грому
"Get to your places!"
— Ідіть на свої місця!
and people began running about in all directions
І люди почали бігати на всі боки
and they all tumbled up against each other
І всі вони попадали один на одного
However, they got settled down in a minute or two
Щоправда, за хвилину-другу вони влаштувалися
and then the game began
І тут почалася гра
Alice had never seen such a curious croquet ground
Аліса ніколи не бачила такого цікавого майданчика для крокету
the grass was all ridges and furrows
Трава була вся гребенем і борознами
The croquet balls were real hedgehogs
Крокетні кульки були справжніми їжаками

and the mallets were real flamingos
А молотки були справжніми фламінго
and the soldiers stood on their hands and feet
І воїни стояли на руках та ногах своїх
because the arches was made from their bodies
Тому що арки були зроблені з їхніх тіл
The players all played at once
Гравці всі грали одразу
nobody waited for their turns
Своєї черги ніхто не чекав
and everyone quarrelled with everyone
І всі посварилися з усіма
and all were fighting for the hedgehogs
І всі билися за їжаків
soon the queen was in a furious passion
Незабаром королеву охопила шалена пристрасть
and she started stamping about and shouting
І вона почала тупотіти і кричати
"Chop off his head!"
— Відрубати йому голову!
"Chop off her head!"
— Відрубати їй голову!
"Chop all their heads off!"
— Відрубати їм усі голови!
Again Alice thought to herself
Знову подумала Аліса
"They're dreadfully fond of beheading people here"
«Тут страшенно люблять обезголовлювати людей»
"the great wonder is that there's anyone left alive!"
«Велике диво в тому, що в живих залишився хтось!»
She was looking about for some way of escape
Вона шукала якийсь спосіб втечі
she noticed a curious appearance in the air
Вона помітила в повітрі цікаву появу
"It's the Cheshire-cat," she said to herself
— Це Чеширський кіт, — сказала вона сама до себе
"now I shall have somebody to talk to"

"Тепер мені буде з ким поговорити"

"How are you getting on?" said the cat

«Як ти живеш?» — спитав кіт

"I don't think they play at all fairly," Alice said

"Я не думаю, що вони грають чесно", - сказала Аліса

and she had a rather complaining tone

І в неї був досить скаржливий тон

"they all quarrel so dreadfully"

"Вони всі так страшенно сваряться"

"one can't hear oneself speak"

«Не чути, як сам говорить»

"and they don't seem to play by any rules"

"І вони, здається, не грають за жодними правилами"

the cat asked Alice a question in a low voice

кіт тихим голосом запитав Алісу

"How do you like the queen?"

— Як тобі королева?

"I don't like her at all," said Alice

- Вона мені зовсім не подобається, - сказала Аліса

Alice thought she might as well go back

Аліса подумала, що з таким же успіхом могла б повернутися назад

she wanted to see how the game was going

Вона хотіла подивитися, як проходить гра

she went off in search of her hedgehog

Вона вирушила на пошуки свого їжачка

The hedgehog was busy fighting another hedgehog

Їжачок був зайнятий боротьбою з іншим їжачком

this was an excellent opportunity

Це була чудова нагода

she could croquet one hedgehog with the other

Вона могла переплітати одного їжачка з іншим

but her flamingo was on the other side of the garden

Але її фламінго був по той бік саду

the flamingo was rather clumsy

Фламінго був досить незграбним

her flamingo was trying to fly up into a tree

Її фламінго намагався злетіти на дерево

She caught the flamingo by the leg

Вона спіймала фламінго за ногу

and she tucked the flamingo away under her arm

І вона сховала фламінго під пахву

that way the flamingo couldn't escape again

Так фламінго більше не міг втекти

Just then Alice happened to meet the duchess

Саме тоді Аліса випадково познайомилася з герцогинею

The duchess was now out of prison

Тепер герцогиня вийшла з в'язниці

She tucked her arm affectionately under Alice's arm

Вона ласкаво засунула руку під пахву Аліси

and then they walked off together

А потім вони разом пішли

Alice was very glad to find her in such a pleasant temper

Аліса дуже зраділа, що застала її в такому приємному настрої

She was a little startled, however

Однак вона була трохи здивована
she heard the voice of the duchess close to her ear
Вона почула близько до вуха голос герцогині
"You're thinking about something, my dear"
"Ти про щось думаєш, мій любий"
"and that makes you forget to talk"
"І це змушує вас забувати говорити"
"The game's going on rather better now," Alice said
"Зараз гра йде набагато краще", - сказала Аліса
it was one way of keeping the conversation going
Це був один із способів підтримати розмову
"it is so indeed," said the duchess
— Це справді так, — сказала герцогиня
"and the moral of that is this:"
"І мораль цього така: "
"It is love that does it all!"
«Це любов робить все!»
"Love is what makes the world go around"
«Любов – це те, що змушує світ рухатися»
Alice had another explanation
Алісі було інше пояснення
"it's done by everybody minding his own business!"
«Це робить кожен, хто займається своєю справою!»
"Ah, well! You could be right"
— А-а-а-а! Можливо, ви маєте рацію"
"It all means much the same thing," said the Duchess
— Усе це означає приблизно одне й те саме, — сказала
герцогиня
and she dug her sharp little chin into Alice's shoulder
і вона вп'ялася своїм гострим маленьким підборіддям у
плече Аліси
"and the moral of that is this"
"І мораль цього така"
"Take care of the sense"
«Дбайте про почуття»
"and then the sounds will take care of themselves"
"І тоді звуки самі про себе подбають"

but then the duchess's arm began to tremble
Але тут у герцогині почала тремтіти рука
Alice looked up and there stood the queen
Аліса підвела очі, а там стояла королева
the queen had her arms folded
Королева склала руки
and she was frowning like a thunderstorm!
І вона хмурилася, як гроза!
"I give you fair warning," shouted the queen
— Я вас справедливо попереджаю, — вигукнула королева
and she stomped on the ground as she spoke
І вона тупотіла по землі, коли говорила
"either your head or her head must be off"
"Або у тебе повинна бути відірвана голова, або її голова"
"Take your choice!"
«Роби свій вибір!»
"and be quick about it"
"І не поспішай"
The duchess made her choice
Герцогиня зробила свій вибір
and within a moment the duchess was gone
І за мить герцогиня зникла
Then the queen spoke to Alice
Тоді королева заговорила з Алісою
"Let's go on with the game"
"Продовжимо гру"
Alice was too frightened to say a word
Аліса була надто налякана, щоб вимовити хоч слово
and she slowly followed her back to the croquet-ground
І вона повільно пішла за нею спиною до майданчика для крокету
the whole time the queen quarrelled with the other players
Весь цей час королева сварилася з іншими гравцями
"Chop off his head!"
— Відрубати йому голову!
"Chop off her head!"
— Відрубати їй голову!

"Chop all their heads off!"
— Відрубати їм усі голови!
soon all the players were in custody
Незабаром всі гравці опинилися під вартою
only the king, the queen, and Alice remained
залишилися тільки король, королева і аліса
Then the queen left, quite out of breath
Тоді королева пішла, зовсім захекана
and she walked away with Alice
І вона пішла з Алісою
Alice heard the king quietly say something
Аліса почула, як король тихо щось сказав
"You are all pardoned"
"Ви всі помилувані"
but suddenly there was another cry heard
Але раптом почувся ще один крик
"The trial is beginning!"
«Суд починається!»
and Alice ran along with the others
і Аліса побігла разом з іншими

who stole the tarts?
Хто вкрав пироги?
The king and queen of hearts were seated
Сиділи король і королева сердець
they were on their throne when Alice arrived
вони були на своєму троні, коли прибула Аліса
there was a great crowd assembled around them
Навколо них зібрався великий натовп
there were all sorts of little birds and beasts
Там були всякі маленькі пташки і звірі
and there was the whole pack of cards
І там була ціла колода карт
the knave was standing in front of them, in chains
Перед ними стояв книш, у кайданах
and there was a soldier on each side to guard him
І був по одному воїну з обох боків, щоб стерегти його
near the King was the white rabbit
біля короля сидів білий кролик
he had a trumpet in one hand
В одній руці він тримав трубу
and he had a scroll of parchment in the other hand
А в другій руці в нього був сувій пергаменту
In the very middle of the court was a table
Посеред двору стояв стіл
on the table was a large dish of tarts
На столі стояло велике блюдо з пирогів
"I wish they'd get the trial done," Alice thought
"Я б хотіла, щоб вони довели справу до кінця", —
подумала Аліса
"then we could eat some of those refreshments!"
— Тоді ми могли б з'їсти трохи цих закусок!

The judge, by the way, was the king
Суддею, до речі, був король
and he wore his crown over his great wig
І він носив свою корону поверх своєї великої перуки
"That's the jury-box," thought Alice
"Це ложа для присяжних", — подумала Аліса
"and those twelve creatures, I suppose they are the jurors"
"І ці дванадцять створінь, я гадаю, вони є присяжними"
some were animals, and some were birds
Деякі з них були тваринами, а деякі – птахами
Just then the white rabbit cried out
І тут білий кролик скрикнув
"Silence in the court!"
— Тиша в суді!
"Herald, read the accusation!" said the king
«Віснику, прочитай обвинувачення!» — сказав король
the white rabbit blew three blasts on the trumpet
Білий кролик засурмив у трубу три удари
then he unrolled the parchment-scroll
Потім він розгорнув сувій пергаменту

and he read as follows:

А він прочитав таке:

"The queen of hearts, she made some tarts,"

"Королева сердець, вона приготувала кілька пирогів",

"All this she did on a summer day"

"Все це вона робила в літній день"

"The knave of hearts, he stole those tarts"

«Хлопець сердець, він украв ті пиріжки»

"And he took those tarts far away!"

— І він відніс ті пиріжки далеко!

"Call the first witness," said the king

— Покличте першого свідка, — сказав король

and the white rabbit blew three blasts on the trumpet

І білий кролик засурмив у сурму три удари

"bring the first witness!" he called out

«Приведіть першого свідка!» — вигукнув він

The first witness was the hat maker

Першим свідком був виробник капелюхів

he came in with a teacup in one hand

Він увійшов з чашкою чаю в одній руці

and he had a piece of bread and butter in the other hand

А в другій руці в нього був шматок хліба та масло

"You ought to have finished," said the King

— Треба було скінчити, — сказав король

"When did you begin?"

— Коли ти почав?

The hat maker looked at the march hare

Капелюшник подивився на маршового зайця

the march hare had followed him into the court

Березневий заєць пішов за ним у двір

he had walked arm in arm with the dormouse

Він ішов під руку з соню

"Fourteenth of March, I think it was," he said

"Чотирнадцятого березня, я думаю, що так і було", - сказав він

"Give your evidence," said the king

— Дайте свої свідчення, — сказав король

"and don't be nervous, or I'll have you executed on the spot"
"І не нервуй, а то я тебе страчу на місці"
This did not seem to encourage the witness at all
Це, схоже, зовсім не підбадьорило свідка
he kept shifting from one foot to the other
Він постійно перевалювався з однієї ноги на іншу
and he looked uneasily at the queen
І він неспокійно глянув на королеву
and, in his confusion, he bit a large piece out of his teacup
І, розгубившись, відкусив великий шматок зі своєї чайної чашки
really he meant to bite from his bread and butter
Насправді він хотів відкусити свій хліб з маслом
Just at this moment Alice felt a very curious sensation
Саме в цей момент Аліса відчула дуже цікаве відчуття
she was beginning to grow larger again
Вона знову починала збільшуватися
The miserable hat maker dropped his teacup
Нещасний капелюшник упустив свою чашку з чаєм
and the bread and butter fell to the ground
І хліб з маслом упали на землю
and he went down on one knee
І він опустився на одне коліно
"I'm a poor man, your majesty," he began
— Я бідна людина, ваша величносте, — почав він
"You're a very poor speaker," said the king
— Ти дуже бідний оратор, — сказав король
"You may go," said the king
— Можеш іти, — сказав король
and the hat maker hurriedly left the court
І капелюшник квапливо покинув двір
"Call the next witness!" said the king
«Покличте наступного свідка!» — сказав король
The next witness was the duchess's cook
Наступним свідком став кухар герцогині
She carried the pepper-box in her hand
Вона несла в руці коробочку з перцем

and the people near the door began sneezing all at once

І люди біля дверей одразу почали чхати

"Give your evidence," said the king

— Дайте свої свідчення, — сказав король

"I shall give no evidence," said the cook

— Я не дам жодних доказів, — сказав кухар

The king looked anxiously at the white rabbit

Король занепокоєно подивився на білого кролика

and the white rabbit spoke in a quiet voice

І білий кролик заговорив тихим голосом

"your majesty must cross-examine this witness"

"Ваша Величність повинна провести перехресний допит цього свідка"

"Well, if I must, I must," the king said

— Ну, якщо треба, то мушу, — сказав король

"What are tarts made of?"

«З чого роблять пироги?»

"tarts are made of pepper, mostly," said the cook

— Пироги переважно з перцю, — сказав кухар

For some minutes the whole court was in confusion

Кілька хвилин весь суд перебував у сум'ятті

eventually they all settled down again

Врешті-решт вони всі знову влаштувалися

but by then the cook had disappeared

Але на той час кухар зник

"Never mind!" said the king

— Нічого, — сказав король

"call to the stand the next witness"

«Покличте на трибуну наступного свідка»

Alice watched the white rabbit as he fumbled over the list

Аліса спостерігала за білим кроликом, поки він перебирав список

you can imagine her surprise at what she heard next

Ви можете уявити її здивування від того, що вона почула далі

at the top of his shrill little voice, he called the name "Alice!"

на весь свій пронизливий голос він гукнув ім'я «Аліса!»

Alice's evidence
Докази Аліси

"Here!" cried Alice
- Ось, - вигукнула Аліса
She jumped up in a great hurry
Вона дуже поспішно схопилася
and she tipped over the jury-box
І вона перекинулася через ложу присяжних
and she knocked over all the jurymen
І вона перекинула всіх присяжних
and they fell on to the heads of the crowd below
І впали вони на голови народу внизу
Alice was in great dismay
Аліса була дуже збентежена
"Oh, I beg your pardon!" she exclaimed
«О, я прошу вибачення!» — вигукнула вона
"The trial cannot proceed," said the king
— Суд не може продовжуватися, — сказав король
"the jurymen must get back in their proper places"
«Присяжні повинні повернутися на свої місця»
he repeated the order with great emphasis
Він повторив наказ з великим наголосом
and he looked at Alice sternly
і він суворо подивився на Алісу
"What do you know about these events?" the king asked Alice
«Що ти знаєш про ці події?» — запитав король у Аліси
"I know nothing on the subject," said Alice
— Я нічого не знаю на цю тему, — сказала Аліса
The king then read from his book
Потім цар прочитав уривок зі своєї книги
"Rule forty two"
"Правило сорок другий"
"All persons more than a mile high are to leave the court"
«Усі особи, зростом яких більше ніж миля, повинні залишити суд»
"I'm not a mile high," said Alice

— Я не маю ні милі зросту, — сказала Аліса

"Nearly two miles high," said the Queen

— Майже дві милі заввишки, — сказала королева

"Well, I refuse to go," said Alice

– Ну, я відмовляюся йти, – сказала Аліса

The king turned pale

Король зблід

and he shut his note-book hastily

І він поспіхом закрив свій записник

"Consider your verdict," he said to the jury

"Розгляньте свій вердикт", - сказав він присяжним

he spoke in a low, trembling voice

— говорив він низьким, тремтячим голосом

then the white rabbit spoke

Тоді заговорив білий кролик

"There's more evidence to come yet"

«Ще є більше доказів»

and he jumped up in a great hurry

І він у великому поспіху схопився

"This paper has just been picked up"

"Цей папір щойно підібрали"
"It seems to be a letter written by the prisoner"
«Здається, це лист, написаний в'язнем»
He unfolded the paper as he spoke
Говорячи, він розгортав папір
"It isn't a letter, after all"
"Це все-таки не лист"
"what it was was a set of verses"
«Це був набір віршів»
"Please, your majesty," said the knave
— Будь ласка, ваша величносте, — сказав книш
"I didn't write those verses"
"Я не писав цих віршів"
"and they can't prove that I wrote anything"
"і вони не можуть довести, що я щось написав"
"there's no name signed at the end"
"В кінці немає підписаного імені"
the king spoke to the knave
Король заговорив до книша
"You must have meant to cause some mischief"
«Ти, мабуть, хотів спричинити якесь лихо»
"else you'd have signed your name like an honest man"
«Інакше ти підписав би своє ім'я, як чесна людина»
There was a general clapping of hands
Почулося загальне плескання в долоні
and the king turned to the white rabbit
І король обернувся до білого кролика
"Read the verses," he ordered
— Прочитай вірші, — наказав він
There was dead silence in the court
У дворі запала мертва тиша
and the white rabbit read out the verses
І білий кролик зачитав вірші
They told me you had been to her
Вони сказали мені, що ви були у неї
And they mentioned me to him
І вони згадали про мене перед ним

She gave me a good character
Вона дала мені хороший характер
But she said I could not swim
Але вона сказала, що я не вмію плавати
He sent them word I had not gone
Він надіслав їм звістку, що я не пішов
We know it to be true
Ми знаємо, що це правда
If she should push the matter on, what would become of you?
Якщо вона наполягатиме на цьому, що з вами станеться?
I gave her one, they gave him two
Я дав їй одну, а вона дала йому два
You gave us three or more
Ви дали нам три або більше
They all returned from him to you
Вони всі повернулися від нього до тебе
although they were mine before
Хоча раніше вони були моїми
If I or she should chance to be
Якби я чи вона мали шанс бути
If I or she were involved in this affair
Якби я чи вона були замішані в цій справі
He trusts to you to set them free
Він довіряє вам, що ви звільните їх
Exactly as we were
Точнісінько так, як ми були
My notion was that you had been
Моя думка полягала в тому, що ти був
Before she had this fit
Раніше у неї був такий припадок
An obstacle that came between
Перешкода, яка виникла між
Him, and ourselves, and it
Його, і нас самих, і воно
Don't let him know she liked them best
Не давайте йому зрозуміти, що він їй подобається більше

For this must for ever be a secret, kept from all the rest

Бо це навіки має бути таємницею, яку приховують від усіх інших

This secret must remain a secret between yourself and me

Ця таємниця повинна залишатися таємницею між тобою і мною

the king was very impressed

Король був дуже вражений

"That's the most important piece of evidence we've heard yet"

«Це найважливіший доказ, який ми чули»

"I don't believe those verses carry an atom of meaning," objected Alice

— Я не вірю, що ці вірші несуть у собі атом сенсу, — заперечила Аліса

the King had his own opinion on the matter

У короля була своя думка з цього приводу

"If there's no meaning in those words, that saves a world of trouble"

«Якщо в цих словах немає сенсу, це рятує світ неприємностей»

"then we needn't try to find the meaning"

"Тоді нам не потрібно намагатися знайти сенс"

"Let the jury consider their verdict"

«Нехай присяжні розглянуть свій вердикт»

"No, no!" said the queen

— Ні, ні, — сказала королева

"Sentencing first—verdict afterwards"

«Спочатку вирок, а потім вирок»

"Stuff and nonsense!" said Alice loudly

"Дурниці та дурниці!" – голосно сказала Аліса

"how silly it is to sentence the defendant first!"

— Як же безглуздо спочатку виносити вирок підсудному!

"Hold your tongue!" said the queen, turning purple

«Тримай язика за зубами!» — сказала королева, стаючи фіолетовим

"I will not hold my tongue!" said Alice

"Я не буду тримати язика за зубами!" – сказала Аліса

the queen shouted at the top of her voice

— крикнула королева на весь голос

"chop off her head!"

— Відрубати їй голову!

Nobody made a movement

Ніхто не зробив жодного руху

"Who cares what you say?" said Alice

"Кому яке діло, що ти говориш?" - сказала Аліса

she had grown to her full size by this time

До цього часу вона виросла до свого повного розміру

"You're nothing but a pack of cards!"

— Ти не що інше, як колода карт!

At this, all the cards rose up in the air

При цьому всі карти піднялися в повітря

and all the cards came flying down upon her

I всі карти полетіли на неї

she gave a little scream

Вона ледь чутно скрикнула

she was half afraid, but also angry

Вона була наполовину налякана, але й зла

and she tried to fight the cards off of herself

I вона намагалася відбити карти від себе

and then she found herself lying on the grass bank

I тут вона опинилася лежачи на березі трави

her head was in the lap of her sister

Її голова була на колінах у сестри

some dead leaves had landed on her face

На її обличчя впали якісь мертві листи

and her sister was gently brushing the leaves away

А її сестра обережно змахувала листя

"Wake up, Alice dear!" said her sister

«Прокинься, Алісо дорогенька!» — сказала її сестра

"what a long sleep you've had!"

— Який у вас був довгий сон!

"Oh, I've had such a curious dream!" said Alice

- О, мені приснився такий цікавий сон, - сказала Аліса

And she told her sister all she could remember

I вона розповіла сестрі все, що могла пам'ятати

all the strange adventures that you have just been reading about

Всі дивні пригоди, про які ви тільки що читали

Alice got up and ran off

Аліса підвелася і втекла

and she thought, while she ran, about her dream

I вона думала, поки бігла, про свою мрію

"what a wonderful dream it had been!"

— Який це був чудовий сон!